잃어버린 시간을 찾아서,
되찾은 시간 그리고 작가의 길

잃어버린 시간을 찾아서, 되찾은 시간 그리고 작가의 길

발행일 초판1쇄 2021년 3월 25일 | **지은이** 오선민
펴낸곳 북드라망 | **펴낸이** 김현경 | **주소** 서울시 종로구 사직로8길 24 1221호(내수동, 경희궁의아침 2단지) |
전화 02-739-9918 | **팩스** 070-4850-8883 | **이메일** bookdramang@gmail.com

ISBN 979-11-90351-76-8 03800
Copyright © 오선민 저작권자와의 협의에 따라 인지는 생략했습니다.
이 책은 저작권자와 북드라망의 독점계약에 의해 출간되었으므로 무단전재와 무단복제를 금합니다.
잘못 만들어진 책은 서점에서 바꿔 드립니다.

책으로 여는 지혜의 인드라망, 북드라망 www.bookdramang.com

잃어버린 시간을 찾아서,
되찾은 시간 그리고 작가의 길

오선민 지음

BookDramang
북드라망

머리말

국도를 지나다가 우연히 불에 탄 호텔을 보았다. 화상을 입고 신음하다가 삶을 마감한 건물 한 채. 검게 그을린 벽과 깨진 유리, 채 정리되지 못한 커튼과 집기가 호텔 밖 여기저기로 나와 있었다. 어떤 죽음이 버려져 있었다. 그 호텔은 지방도 어디서나 볼 수 있는 평범한 호텔이다. 나는 그 호텔에 얽힌 추억을 갖고 있지 않다. 그럼에도 뜻밖의 불탄 건물을 보니 참으로 깊은 슬픔이 일어났다. 이 세상에 저 건물이 왔다가 가는구나.

몇 년 전 파리 노트르담 대성당 첨탑의 화재 장면을 보았을 때에도 비슷한 느낌이 들었었다. 목조로 된 성당이 화염에 휩싸여 무너져 내리는 장면은 화면 속이었는데도 안타까운 마음 금할 길이 없었다. 건물이란 도대체 어떤 존재일까? 그것은 단지

잃어버린 시간을 찾아서, 되찾은 시간 그리고 작가의 길

인간의 편의에 의해 자리를 할당받아 덩그러니 놓여 있는 빈 그릇이 아니다. 프루스트의 말대로 우리를 둘러싸고 있는 모든 것들, 동식물과 사물은 시간을 품고 있다. 내가 경험한 시간만이 아니라 타인의 삶 속에서 꿈틀대던 저 먼 시간까지도. 하나의 사물이 사라질 때는 바로 그 모든 시간이 휘발되기에 우리는 아프고 미안하다.

불탄 호텔에 대한 인상이 강력해서였을까 그 며칠의 일기는 온통 예상 밖의 이야기로 채워졌다. 누가 다치지는 않았을까? 호텔은 맨 처음 어떤 모습이었을까? 저 흔적은 앞으로 얼마나 더 방치될까? 건물에도 생로병사가 있구나. 음~ 의자나 컴퓨터 같은 물건도 그렇겠지. 건물을 위한 제사 같은 것이 필요할지도 몰라. 인간은 왜 영원히 변치 않는 건물을 원하는 것일까? 산만한 상념들은 어느새 사물과 영혼이라는 주제로 모아지고 있었다. 나는 물건에 영이 있다고 믿은 사람들의 이야기를 더 찾아보았다. 그리고 최초의 인간은 어떤 마음으로 물건을 대했는지 사람의 의식은 어떻게 만들어지는지를 공부하기 시작했다. 어느 날 나는 알게 되었다. 불탄 호텔이 죽지 않았다는 사실을. 내가 그 호텔과 더불어 글을 쓰고 있었기 때문이다. 프루스트의 말대로 나는 잃어버린 시간을 되찾고 있었다.

머리말을 쓰고 있는데 코로나 백신의 첫 접종이 시작되었다는 소식을 들었다. 2020년은 코로나가 강타한 해였다. 등교가 지연되고 가게가 문을 닫고 공장이 멈추기를 반복했다. 사람들은 꾸려가던 일상 대부분을 중단해야 했다. 가족이나 친구와도 거리를 두었다. 무엇보다 많은 사람들이 질병을 앓았다. 백신은 복구될 수 없는 상실의 애도에 어떤 도움을 줄 것인가? 우리는 사람과 사물에 대한 거리를 어떻게 만들어 가야 할까?

나는 질병이 물러가기를 바라면서 프루스트를 많이 떠올렸다. 프루스트는 『잃어버린 시간을 찾아서』라는 작품을 썼다. "오래전부터 나는 일찍 잠자리에 들어 왔다"로 시작하는 이 소설은 허무함에 몸부림치는 한 사나이가 시간을 되찾으며 자기를 구하는 이야기이다. 시간을 잃어버렸다니? 시간이 무슨 물건인가? 우리가 모르는 어디에 잃어버린 시간 보관소 같은 것이 있나? 게다가, 시간을 되찾는다고? 어떻게 다 지나간 과거가 우중충한 이 현재를 바꿀 수 있는가?

프루스트에게 '시간을 잃어버림'이란 세월 흐르는 대로, 주어진 대로 열심히 살아가는 상태를 뜻한다. 닥쳐오는 온갖 문제 앞에서 주변 목소리 듣기에 급급해할 때 그는 시간을 잃어버리게 된다. 예를 들어 보자. 아이를 기르는 엄마는 매일 먹이고 입히느라 숨이 차다. 자라나는 생명을 보면 고되기도 하고 기쁘기도 하다. 그런데 프루스트는 엄마 되기에 그저 열심인 것만으로는 시간을 잃어버리는 삶을 피할 길이 없다고 한다. 우리가 최선을 다하고 있는 일들이란 대개의 경우 남들도 다 믿고 보는 통념일 때가 많은 까닭이다. 도대체 무엇을 먹이려고 이토록 열심인가? 어떤 것을 주려고 이토록 애쓰는가? 이 육아가 너에게는 어떤 경험이 되고 있는가? 프루스트는 자신이 보낸 시간이 도대체 어떤 의미들로 채워져 있는지 묻지 않으면, 아무리 번듯하게 살고 있더라도 소외감을 느낄 수밖에 없다고 한다. 그렇다면 '시간 되찾기'란 무엇일까? 간단하다. '내 경험을 바라보며 질문하기'이다. 닫힌 교문 앞에서 배움에 대한 내 생각을 묻기, 창궐하는 전염병의 한가운데에서 사람의 성숙에 대해 이해해 보기. 프루스트에게 시간을 '잃어버림'이나 '되찾음'은 내가 겪은 일의 의미를 질문할 수 있느냐 없느냐에 달린 문제였다.

그런데 이 시간 되찾기는 누구나 결심만 하면 할 수 있는 일이 아니다. 프루스트는 잃어버린 시간을 되찾기 위해서는 반드시 어떤 정지의 순간이 필요하다고 한다. 습관이 멈추는 지점에서야 비로소 '어? 내가 생각한 것이 꼭 옳다고 할 수는 없겠는데?'라는 회의가 올라오기 때문이다. 프루스트는 우리의 상식이 모순과 비약, 편협한 믿음으로 빚은 상상에 불과함을 깨닫게 하는 '멈춤'이야말로 시간을 되찾을 수 있는 절호의 기회라고까지 말한다.

　『잃어버린 시간을 찾아서』는 번역본으로 3천 페이지가 넘는 방대한 작품이다. 그렇지만 실은 화자가 연인의 배신과 친구의 거짓말이라는 충격적 사태 앞에서 사랑과 우정에 대해 거듭 질문을 던지는 이야기에 지나지 않는다. 프루스트의 화자는 계속해서 그 답을 바꾸며 늙어간다. 프루스트는 군중 속에 파묻히면 보이지도 않을 '나'라는 존재, 그런 평범한 도시 생활자로서의 내 상식 하나를 바꾸는 일이 세계대전에서의 승리보다 중요하다고 했다. 자기가 믿는 것 하나를 내려놓는 일이 지구를 들기보다 어렵기 때문이다.

　프루스트가 이 시대를 보았다면 뭐라고 했을까? 바야흐로 시간을 되찾을 때라고 했을 것이다. 전염병을 낳은 인간의 먹음과 입음, 우리가 방치했던 자연과 쓰레기에 대해. 또 사소하다고 치부했던 일상의 많은 노동에 대해 질문할 시간인 것이다. 프루스트는 소설을 쓰면서 한 사람의 인생이 얼마나 많은 질문들로 가득 차 있는지를 보려고 했다. 동시에 끝도 없이 매번 달라지는 답들에 기뻐했다. 프루스트는 어떤 경험도 완전히 사라지지 않는다고 한다. 그것은 각자의 기억 속에서 숨죽이고 앉아 있는 생각의 씨앗들이다. 시간을 되찾으려는 질문들과 함께 그때마다 다른 의미의 꽃이 피어날 것이다. 프루스트는 나에게 묻는다. 당신은 오늘 시간을 되찾았는가? 코로나와 함께 지금 어떤 질문을 던지고 있는가?

　북드라망 출판사에서 『잃어버린 시간을 찾아서—한 작가의 배움과 수련』(작은길 출판사)의 개정판을 제안해 주셨을 때 무척 기뻤다. 동시에 겁도 났다. 개정판이니만큼 뭔가 새로운 해석을 덧붙여야 할 텐데 자신이 없었다. 그때 출판사에서 원래 책이 작품 속 주제들을 설명하는 데 집중했으니 이번에는 작품의 전개를 따라가면서 해석의 포인트를 잡아 보면 어떻겠냐는 의견을 주셨다. 또 주요 인물들을 재미있게 소개해 보자고도 하셨다. 참으로 좋은 의견이로다! 내 생각이 끊어진 곳에서는 이렇게 친구의 조언을 따라가면 된다. 프루스트는 자기 의견의 고집함만큼 위험한 행동은 없다고 했다. 나는 출판사가 마련해 준 문을 열고 『잃어버린 시간을 찾아서』 속으로 다시 들어갔다.

　참 재미있었다(옛날에도 이렇게까지 재미있었나?^^). 멋진 해석에 욕심 부릴 필요가 없었고 7편의 각 작품이 전체적으로 어떤 인상을 갖고 있는지에만 집중했다. 그 과정에서 작중 인물들과 새로 사귀게 되었다. 혹시 저 보신 적 있지 않아요? 말을 걸고 싶어질 정도였다. 개정판으로 담을 수는 없었지만 공부해 보고 싶은 주제들도 많이 찾았다. 그 중 하나가 바로 이런 문제다. 톨

스토이의 『전쟁과 평화』는 아이맥스 영화관에 앉아서 러시아를 보는 것 같은 인상을 준다. 정말 19세기는 저랬을 거야 싶다. 그런데 『잃어버린 시간을 찾아서』는 저기 코로나 임시검사소 앞에서 마르셀이나 스완 씨를 바로 만날 수 있을 것 같은 느낌을 준다. 글쓰기의 어떤 기법이, 인간에 대한 어떤 통찰이, 이렇게 역사적이면서도 보편적인 인물을 창조하게 하는 것일까? 이토록 생생하게.

이런 질문을 따라가다 보니 『잃어버린 시간을 찾아서』는 인생을 둘러싼 온갖 질문들을 계속 따라가는 일이 곧 작가가 되는 일임을 보여 주는 작품이라는 생각이 들었다. 그래서 개정판의 제목에 '되찾은 시간'을 전면적으로 부각시키기로 했다. 부록 「등장인물로 보는 『잃어버린 시간을 찾아서』」와 「그림으로 보는 『잃어버린 시간을 찾아서』」도 인물들이 어떻게 자기 질문을 바꾸는가를 중심으로 쓰게 되었다. 그 밖에 본문의 내용은 사실을 바로잡는 것 외에 거의 바꾸지 않았다. 다만, 인용문은 대부분 뺐는데 작품을 있는 그대로 보여 주기보다는 음미하고 소화하는 일에 집중하기 위해서였다. 처음 책을 쓰면서 잃어버렸던 시간들을 되찾았음을 알겠다.

글쓰기는 인연의 실을 다시 짜는 일이다. 미처 해보지 못한 생각의 물고기를 잡을 수 있게, 단어의 그물을 새로 깁는 일이다. 즉 잃어버린 시간 되찾기이다. 그러니 어찌 쉽겠는가? 단단하게 배우고 수련하지 않으면 쓸 수 없다. 이 점을 항상 깨우쳐 주시는 고미숙 선생님께 감사드린다. 책의 초고 쓰기를 힘차게 이끌어 주셨던 채운 선생님께도 감사드린다. 사라져 가던 책에 새 생명을 불어넣어 주신 김현경 사장님은 업어 드리고 싶다. 우리 지혜의 인드라망, 북드라망 만세! ^^ 미처 만나지 못했던 독자를 되찾으러 떠나는 이 책의 모험에도 박수를 보낸다.

2021년 봄

오선민

차례

| 일러두기 |

1 이 책은 2014년에 작은길 출판사에서 출간했던 『잃어버린 시간을 찾아서 — 한 작가의 배움과 수련』의 개정판입니다.

2 단행본·정기간행물 등의 제목에는 겹낫표(『 』)를, 단편·시·노래·그림 등의 제목에는 낫표(「 」)를 사용했습니다. 『잃어버린 시간을 찾아서』는 총 7편으로 이루어진 장편소설인데, 편명에는 역시 낫표(「 」)를 사용했습니다.

3 인명·지명 등 외국어 고유명사는 2002년에 국립국어원에서 펴낸 외래어표기법을 따라 표기했습니다.

프루스트와 글쓰기

1. 상실의 시대와 함께 도래한 소설

1913년 11월의 파리. 한 권의 소설이 출현했다. 세 페이지에 걸쳐 이어지는 한없이 긴 문장, 뫼비우스띠처럼 돌고 돌아 반복되는 에피소드들, 주방의 하녀부터 공작 부인까지 모두가 주인공인 소설이! 당대 파리지앵들은 비난을 퍼부었다. "이것은 예술이 아니다! 변태 부르주아의 레저다!" 하지만 이 화려한 문장의 행진은 이제 막 시작되었을 뿐. 작가는 첫 권의 여섯 배나 되는 분량을 더 준비하고 있었다. 한없이 이어지는 이미지들의 연쇄, 쉼 없이 펼쳐지는 대화의 향연! 쓰기라는 유령에 사로잡힌 듯 절박하고도 집요한 글쓰기였다. 기획에서 집필까지 모두 14년이 걸렸다. 이 연작 소설의 이름은 『잃어버린 시간을 찾아서』À la recherche du temps perdu. 그리고 작가의 이름은 마르셀 프루스트Marcel Proust, 1871~1922였다.

1913년을 강타한 문제작의 제목은 「스완네 집 쪽으로」다. 파리지앵들은 작가가 돈 많은 부르주아의 아들이라는 것을 알고 비웃었다. "역시 시간과 돈이 없으면 쓸 수 없는 글이야!"라며 냉대했다. "간도 크지! 이런 사치스러운 작품을 발표해서 뭘 어쩌자고!"

사실, 어느 정도는 예고된 일이었다. 사교장의 한량에게 책을 내주고 싶어한 출판사는 어디에도 없었다. 프루스트는 앙드레 지드가 편집장으로 있던 출판사 누벨 르뷔 프랑세즈La Nouvelle Revue Française(=NRF)에서 책을 내고 싶었지만, 편집인들의 완강한 반대에 부딪혀 결국 자비로 출간하게 된다. 사정이 이러했으니 제2편의 출판은 더욱 쉽지 않았다. 게다가 1914년 1차 세계대전이 발발하고 혼란스러운 전시 상황 속에서 출판계는 큰 불황을 맞았고 『잃어버린 시간을 찾아서』는 그렇게 사람들로부터 잊혀져 갔다.

1918년, 드디어 4년간의 전쟁이 끝났다. 프랑스는 독일에 맞서 승리했다. 그리고 1918년, 11월 제2편 「꽃핀 소녀들의 그늘에서」가 출간된다. 아무도 기다리지 않았던 '잃어버린 시간'의 귀환이었다. 하지만 파리지앵의 반응은 5년 전과 달랐다. 그들은 목마른 사람이 물을 찾듯 이 작품을 찾았다. 그리고 이듬해인 1919년 12월 「꽃핀 소녀들의 그늘에서」는 프랑스 최고의 문학상인 공쿠르상을 받게 된다. 『잃어버린 시간을 찾아서』는 이렇게 화려하게 부활했다. 작가 나이 마흔아홉 살 때의 일이다. 프루스트는 이 상을 수상하고 나서 겨우 2년을 더 살았고, 이 작품은 그가 죽고 난 뒤 5년이 지나서야 친구들의 도움으로 완결되었다.

도대체 1913년과 1919년 사이에 어떤 일이 있었던 것일까? 프루스트가 첫 출판의 실패를 만회하기 위해 작품의 줄거리나 문체를 바꾸기라도 했던 것일까? 전시(戰時) 파리의 풍경이 작품 속 배경으로 추가되기는 했지만 프루스트는 자신의 기획 자체를 수정하지는 않았다. 그러니까 결국 이것은 대중적 정서의 변화 때문이었다. 파리지앵들은 전쟁의 상흔으로 고통받고 있었다. 물론 모든 전쟁은 폭력의 무대일 수밖에 없고 그때마다 사람들은 죽음의 공포에 시달리게 된다. 하지만 이 전쟁은 완전히 다른 종류의 파괴적 상실의 이미지를 탄생시켰다.

먼저 지적해 두어야 할 것은 세계대전 발발 전부터 형성되어 온 시간관이다. 대략 1880년경부터 전쟁 전까지 과학기술의 발달은 엄청난 문화 격변을 낳았다. 전신, 전화, 사진과 축음기, 기차, 자동차, 그리고 비행기 등 일상의 리듬을 보다 빠르고 정확하게 운용할 수 있는 기술들이 상용화되면서 사회 전반에 큰 영향을 미쳤다. 가장 결정적이랄 수 있는 것은 계급구조의 변화였다. 전신과 기차는 그 유통 범위 내의 모든 사람들에게 균질적인 시공간 체험을 제공했다. 같은 날 같은 시각에 집집마다 도착하는 신문, 등하교나 출퇴근을 결정짓는 표준시의 일괄적 적용

이 신분이나 재력 이상으로 막강한 힘을 행사하기 시작했다. 태생적으로 별다른 지위를 갖지 못했던 부르주아들은 이런 변화를 재빠르게 감지하면서 사회적 헤게모니를 선취할 수 있었다.

이런 분위기 속에서 사회 전반적으로 과거에 대한 불신감이 팽배해졌는데, 몇몇 문학 작품은 상징적으로 이러한 시대 분위기를 포착했다. 입센Henrik Ibsen, 1828~1906의 여주인공들——노라『인형의 집』1879와 아르빙 부인『유령』1881은 모두 인습에서 벗어나기 위해 가출을 하지만 남편과 자식이라는 과거의 사슬들은 쉽사리 그녀를 놓아 주지 않고 유령처럼 삶을 잠식한다. 제임스 조이스James Joyce, 1882~1941의 '더블린 사람들' 역시 실수와 오해로 점철된 더블린 생활을 벗어나고 싶어하지만 과거의 중력 때문에 그저 더블린에 갇혀 늙어간다. 이런 인물들과 독자들 모두의 꿈은 과거와 단절하고 미래의 맑고 신선한 공기를 맛보는 것이었다.

1차 세계대전이 초반에 유럽의 많은 지식인들과 예술가들로부터 열렬한 지지를 받을 수 있었던 이유는 이 전쟁이 과거를 혁신시키리라는 기대 때문이었다. 심지어 미래파 예술가들은 과거를 전소시킬 수 있는 유일한 위생학적 조건으로서 전쟁을 찬미하기도 했다. 그들이 1909년에 발표한 「미래주의 선언문」의 일부를 살펴보자.

4. 우리는 새로운 아름다움, 속도의 아름다움 때문에 세계의 아름다움이 더욱 풍요로워졌다고 확언한다. 폭발하듯 숨을 내뿜는 뱀 같은 파이프로 덮개를 장식한 경주용 자동차, 총알 위에라도 올라탄 듯 으르렁거리는 자동차가 「사모트라케의 니케」보다 아름답다. (……)

8. 우리는 세기의 마지막 곳에 선다! 불가능이라는 신비한 문을 열어젖히고자 하는 순간에 무엇 때문에 뒤를 돌아본단 말인가? 시간과 공간은 어제 죽었다. 우리는 이미 절대적인 것 속에 산다. 왜냐하면 우리가 이미 영원하고 편재하는 속도를 창조했기 때문이다.

9. 우리는 세계를 위한 단 하나의 치료제인 전쟁, 군국주의, 애국심, 무정부주의자의 파괴적인 몸짓, 목숨을 걸 만한 아름다운 이념, 여성에 대한 조롱을 찬미하기를 원한다.

「미래주의 선언」, 1909

이것이 미래파의 일원이었던 이탈리아의 시인 마리네티 Filippo Tommaso Emilio Marinetti, 1876~1944가 전함 위에서 찬미했던 '기하학적이고 기계적인 광채'의 실상이다. 하지만 전쟁에 대한 그의 낙관적 믿음이 깨지는 데는 채 몇 달의 시간이 걸리지 않았다. 순식간에 점화되는 대포와 광범위한 살상을 가능케 하는 신무기는 기술문명의 가공할 만한 위력을 보여 주었기 때문이다. 개전 초기의 솜 강 전투Battle of the Somme에서는 전투 첫날 5만 8천여 명에 달하는 영국군 사상자가 발생했다. '신속·정확'을 표방한 신기술 끝에 도사리고 있었던 것은 바로 섬뜩할 정도로 빨리 도착한 미래, 즉 막대하고 무참한 죽음이었다. 과거와 결별하기 위해 발버둥쳤던 사람들이 그토록 빨리 도달하고 싶어한 미래가 죽음이었으니, 이 전쟁을 겪은 유럽인들은 승리나 패배에 상관없이 허무와 상실을 온몸으로 체험했다.

때문에 종전 직후 프랑스에는 전쟁 전까지 찬미되었던 갖가지 '진보' 사상에 대한 회의적 분위기가 팽배했고 불안과 동요 속에서 방향을 찾지 못한 젊은이들의 이야기가 난무했다. 이 시기 프랑스 문학은 도망자들의 이야기나 고통의 수기가 점령하고 있었다.미셸 레몽,『프랑스 현대소설사』, 김화영 옮김, 현대문학사, 2007, 287쪽 참고 특히 낯선 이국, 꿈, 환상 등을 방랑하는 이야기나 원인 모를 번민으로 고통받는 사회적 패배자들의 이야기가 많이 읽혔다. 앙드레 지드는『위폐범들』(1926)을 통해 탈선한 중학생, 공적 의무를 잊은 법관, 절망한 무직자들이 돈에 매달려 사회의 여기저기를 헤매는 이야기를 다룸으로써 이 두 경향을 종합한 작품을 완성했다. 프루스트는 이처럼 방향타 없는 허방의 시대 위에 나타났던 것이다.

『잃어버린 시간을 찾아서』의 주인공 마르셀도 모험을 떠난다. 그러나 그가 탐험하고자 하는 장소는 추상적인 이국이나 몽상 속이 아니라 그 자신의 과거다. 그도 오욕 속에서 방황하고 고통받는다. 그러나 그의 임무는 미래를 기획하는 것은 아니다. 1차 세계대전은 과거로부터 떠나 멋진 신세계를 선취하려는 낭만적 서사의 공허한 종말을 확인시켜 주었다. 마르셀은 동시대의 '진보적' 시간관에서 조금 비껴나 자신의 과거와 삶의 무상함을 직시한다.

2. 프루스트 씨 잃어버린 문체를 찾다

전쟁 기간 동안 동시대인들이 과거와 미래 사이에서 갈팡질팡하고 있을 때 프루스트는 어떻게 살았는가? 그는 당황하지 않았다. 이는 그가 작품의 집필 방향과 문체를 바꾸지 않았던 것에서도 알 수 있다. 그는 요양소와 파리를 전전하면서 전쟁 전에 구상을 마친 이 방대한 작품을 쓰고, 수정하고, 또 편집하는 일에 매진했다. 프루스트의 하녀 셀레스트는 파편들이 쏟아져 내리는 파리의 밤하늘을 묘사하려고 포탄을 향해 걸어가는 프루스트를 도저히 막을 수 없었다. 전쟁은 프루스트에게 그 어떤 당혹감이나 상실감을 안겨주지 못했으며 소설의 재료로서만 활용되었다.

『잃어버린 시간을 찾아서』를 구상하고 집필할 무렵, 즉 1909년의 프루스트는 이미 결혼이나 재산 증식과 같은 세속적인 즐거움, 심지어 문학적 명성과도 완전히 거리를 두고 있었다. 작품 속에 필요한 인물들과 장소를 연구할 때가 아니면 외출조차 하지 않았다. 평범한 부르주아 문학청년에 불과했던 프루스트가 이토록 절실하게 글을 쓰게 된 것은 1905년 어머니의 죽음 이후의 일이다. 프루스트에게 어머니의 죽음은 오히려 어머니의 존재감을 증폭시키는 역할을 했다. 그에게 어머니는 단순한 양육자 이상이었다.

프루스트는 자신의 어머니를 회상하듯 『잃어버린 시간을 찾아서』에서 주인공의 어머니를 그려낸다. 마르셀의 어머니는 어린 아들의 침대 곁에서 조르주 상드George Sand, 1804~1876의 소설 『사생아 프랑수아』François le Champi를 읽어 주는데 자연과 타인의 삶에 대한 깊은 애정이 담긴 목소리로 자칫 상투적일 수도 있는 산문에 생기로운 생명력을 불어넣는다. 예술 작품이 표현하는 모든 정신적 가치의 의미들을 작가 이상으로 읽고 음미할 수 있는 이 어머니는 실생활에서도 주변의 모든 사람들 마음을 헤아릴 줄 알았다. 자식을 잃은 부인 앞에서는 즐거운 뉘앙스가 느껴지는 표현을 삼가고 노인에게는 생일이나 기념일 같은 이야기는 하지 않고, 젊은 학자에게는 그의 집중력을 방해할 살림 이야기를 삼가는 등. 어머니는 자신의 지위나 욕구 대신에 주변 사람들의 마음을 헤아리는 데에서 더할 나위 없이 큰 기쁨을 느낀다.

많은 독자들이 어머니와 굿나잇 키스를 못해서 전전긍긍하는 소년의 이야기(「스완네 집 쪽으로」) 때문에 작가 프루스트도 마마보이일 거라고 생각한다. 하지만 작품 속에서 마르셀의 어머니는 삶의 본질을 통찰하려고 애쓰는 지성인, 풍요로운 감수성으로 일상의 세밀한 기쁨들을 포착하는 생활의 미식가다. 실제로 프루스트의 어머니는 아들과 고전 문학이나 예술 작품을 함께 감상하고 토론할 수 있는 지적 동반자였다. 프루스트가 영국의 예술 비평가 러스킨John Ruskin, 1819~1900에게 매료되었을 때, 그와 함께 러스킨을 읽고 프랑스어로 번역한 사람도 어머니였다. 무엇보다 프루스트는 어머니의 감수성에 깊은 영향을 받았다. 어머니가 세상을 떠났을 때 프루스트가 잃어버린 것은 자애로운 어머니뿐 아니라 풍요롭고 섬세했던 사유의 동반자였다.

프루스트는 어머니가 없는 집안을 홀로 서성이면서 매 순간 어머니를 느꼈다. '어머니는 점점 더 심각해지는 반유태주의를 어떻게 생각하실까?' '어머니가 아주 감탄하실 만한 앙드레 지드의 새 작품이로군!' 그에게 어머니는 여전히 영감과 격려의 원천이었다. 어머니의 사랑에 새로운 생명력을 부여할 수는 없을까? 프루스트는 긴 애도 기간 동안 생의 무상함을 깊이 느끼면서도 죽음을 초월한 삶이 가능하지 않을까라는 생각을 하게 되었다.

1907년 무렵부터 프루스트는 서서히 소비적인 사교모임을 줄이면서 연구와 집필에 매진했다. 어머니의 죽음 전까지의 그는 전형적인 부르주아 청년이었다. 병약하고 예민한 모습으로 사교계 이곳저곳에 출몰하면서 재기발랄한 지성을 자랑하는 '댄디 보이'. 그는 친구들과 문학 동아리를 만들기도 하고 번역이나 예술 비평도 곧잘 했지만 그것들은 모두 단편적이었으며 방만한 관심사의 나열에 불과했다. 그런 그가 오직 글쓰기와 삶에만 집중하기 시작한 것이다. 동시에 자신의 병약한 심신이 공부의 리듬을 깨뜨릴까 봐 철저한 체력관리에 들어갔다. 그는 더 이상 사교계의 총아가 아니었으며, 하루하루 철저한 계획 속에서 밤을 낮 삼아 궁리하는 글쓰기의 장인으로 거듭나고 있었다.

프루스트는 『잃어버린 시간을 찾아서』에 착수하기 전까지 두 개의 연구 과제를 수행하게 된다. 첫번째 연구는 타인의 문체를 모방하는 것이었다. 프루스트는 '르무안느 사건'이라는 당대 다이아몬드 사기 사건을 발자크·플로베르·샤토브리앙·공쿠르·미슐레와 같은 문학가뿐만 아니라 사회학자 생시몽과 철학자 에르네스트 르낭의 문체를 흉내 내 편집한 뒤 하나의 작품으로 만들 계획을 세웠다. 예를 들면 이렇다.

A. 발자크 소설에서의 르무안느 사건
1907년 마지막 달 어느 날 에스파르 후작 부인이 큰 야회를 열었고, 파리의 귀족들 중에서도 엄선된 사람들이, 예컨대 메르세와 라스티냐크, 펠릭스 드 방드네스 백작, 드 레토레, 드 그랑디외 공작, 아랑 라진스키 백작, 옥타브 드 캉 부인, 뒤들레 경 들이 모여들어 카디냥 공녀 주변에 운집해 있었다. 하지만 그로 인해 후작 부인이 질투에 사로잡히지는 않았다. 사실, 자신의 라이벌들을 자신의 살롱의 가장 매력적인 장식품의 하나로 만들어야 한다는 필요성에 의해서 자신의 멋부림, 자존심, 심지어는 사랑까지 포기한다는 것, 바로 거기에 이 집 여주인, 사교계에서 성공한 카르멜회의 수녀인 그녀의 위대함이 있는 것이 아닐까?

B. 귀스타브 플로베르에 의한 르무안느 사건

숨막힐 정도로 더위가 심해졌고, 종이 울렸으며, 멧비둘기가 날았다. 사장의 명에 의해 창문이 닫혀져 있었기에 먼지 냄새가 자욱했다. 사장은 우스꽝스런 얼굴을 한 노인네였는데, 체격에 걸맞지 않게 꼭 끼는 옷을 입은 채 고상한 척 폼을 잡고 있었다. 그리고 그가 언제나 즐겨 피우는 담배꽁초가 그라는 인물이 어딘가 가식적이고 속되다는 인상을 주었다.

C. 샤토브리앙에 의한 르무안느 사건

그 당시 파리에는 자신이 다이아몬드 제조 기술을 발명했다고 생각하는 르무안느라는 가엾은 악마 같은 사내가 하나 있었다. 그가 품고 있는 것이 단지 환상에 불과하더라도, 그는 그것만으로도 나머지 다른 사람들과는 구별되는 것이 아니었겠는가? 진형 발자크는 이 사건에 관여하게 된 사람들의 행위에서 어떤 인물의 '위대함'을 본다. 반면 플로베르는 사건의 정황을 둘러싼 인상을 묘파하기에 여념이 없다. 샤토브리앙은 사건의 핵심을 간결하게 짚어내면서 사건의 본질을 드러내려고 한다. 이렇게 하나의 사실도 문체에 따라 저마다 다른 현실로 표현되고 그때마다 사건의 의미도 다 달라진다. 그렇다. 쓴다는 것은 사건을 해석하는 일이다. 하나의 문체란 말 그대로 세계를 보는 방식, 세계를 이해하는 방식이다.

우리가 화성에 가더라도 지구에서와 같은 감각기관을 사용하는 한, 늘 보고 느끼던 방식으로밖에 화성을 경험할 수 없다. 그런데 만약 다른 방식으로 세상을 볼 수 있다면 어떻게 될까? 처마 밑 거미줄 위의 거미가 빗방울을 맞을 때나 500년도 넘은 고목의 가장 높은 가지가 일출과 일몰을 맞이할 때처럼 말이다. 미야자키 하야오의 애니메이션 〈마루 밑 아리에티〉(2010)에 나오는 것처럼 곤충과 식물, 각각의 존재가 느끼는 저마다의 세계가 지금 이 순간에 함께 공존한다. 현실을 바라보는 인간의 시선만 있다고 생각하는 것은 착각이다. 세계는 단일한 방식으로 경험되지 않는다. 그래서 매 순간은 한없이 풍요롭다. 프루스트는 이 점에 대해 다음과 같이 말했다. "단 하나의 참된 여행, 회춘의 샘에서 목욕하는 유일한 방법은 새로운 풍경을 찾는 게 아니라 다른 눈을 갖는 것, 다른 한 사람의 눈이 아닌 백 명이나 되는 남의 눈으로 우주를 보는 것, 그들 저마다가 보는 백 가지 세계. 그들 자신인 백 가지 세계를 보는 것이리라." 마르셀 프루스트, 「갇힌 여인」, 『잃어버린 시간을 찾아서』 4권, 민희식 옮김, 동서문화사, 2017, 2454쪽

프루스트는 모작 훈련을 통해 문체만큼의 세상이 있을 수 있다는 것을 알게 되었다. 그렇다면 새로운 문체를 발명하는 일이야말로 지금 살고 있는 이 시공간을 다시 창조하는 일이자, 과거나 미래로 빨려 들어가지 않고 현재를 풍요롭게 만드는 길이 될 것이다.

프루스트는 자신이 모방하려는 작가들의 문체를 면밀히 연구하여 그들의 시각으로 당대의 사건을 해석해 냈다. 작가들의 문체를 모방함으로써 그들 각각의 관점으로 세계를 볼 수 있었다. 이렇게 하나의 문체를 갖는다는 것, 글을 쓴다는 것은 특정한 관점으로 세계를 구성하는 일이다. 글을 읽는다는 것은 그렇게 구성된 세계를 체험하는 일이다. 글을 통해 우리는 자신의 일회적 삶을 뛰어넘게 되는 것이다. 이제 프루스트의 과제는 분명해졌다. 나만의 문체를 발명해야 한다!

3. 글쓰기 — 허무한 과거를 충만한 현재로 바꾸는 힘

프루스트는 자신의 모작들을 뒤로 하고 신속히 두번째 연구에 들어갔다. 새로운 문체를 발명하기 위해서는 기존의 문체가 갖는 역할과 기능, 그 한계를 검토할 필요가 있었다. 그가 보기에 가장 적당한 대상은 바로 생트-뵈브의 비평관이었다. 생트-뵈브Charles Augustin Sainte-Beuve, 1804~1869는 프랑스 최초의 직업 비평가이자 프랑스 근대 문학의 아버지다. 그는 작품을 이해하는 최고의 방법은 작품 자체의 주제나 미의식에 집중하기 이전에 작가의 사회적 출신, 그가 받은 지적·도덕적 교육을 이해하는 것이라고 생각했다. 생트-뵈브에 따르면 작가와 작품은 완전히 일치한다. 작가는 작품의 과거요, 작품은 작가의 미래다. 그렇게 둘은 한 권의 책이라는 형태로 완전히 포개진다. 그런데 좀 더 생각해 보면 이런 문학관은 '과거를 똑같은 방식으로 재생하는 현재, 재생된 현재를 똑같이 반복하는 미래'라는 시간관을 전제한다. 더구나 생트-뵈브 식대로라면 '훌륭한 과거'만이 현재를 위해 되돌아와

잃어버린 시간을 찾아서, 되찾은 시간 그리고 작가의 길

야 한다. 하지만 그 '훌륭함'의 기준은 무엇인가? 지금을 기준으로 평가된 '훌륭함'이 아닌가? 프루스트가 보기에 생트-뵈브 식 문학관은 오늘이 승인한 '어제', 그 어제를 오늘과 내일로 연이어 실어 나르는 지루한 반복 작업에 불과했다. 이 관점에 기대어서는 그 어떤 새로운 문체도 발명할 수가 없었다.

그렇다면 생트-뵈브를 비평한다는 것은 어떤 의미인가? 프랑스 문학사에서 '생트-뵈브의 시대'란 곧 사실주의 시대다. 사실주의의 모토란 무엇인가? '있는 그대로의 현실을 쓴다'이다. 공쿠르 형제와 같은 '사실'의 찬미자들은 자신들의 영광스러운 임무를 다음과 같이 천명했다.

"예술이란 어떤 피조물이나 인간적인 것의 지나가버리는 덧없음을 지극하고 절대적이며 결정적인 어떤 형태로 영원하게 만드는 것이다." 미셸 레몽, 『프랑스 현대소설사』, 218쪽에서 재인용

그들은 흘러가버리는 시간에 대해 무상함을 느꼈으며, 그 덧없는 흐름을 정지시키고자 현실을 결정적인 형태 속에 박제시키기를 원했다. 그런데 프루스트가 보기에 이것은 불가능할 뿐만 아니라 무용한 시도였다. 현실을 포착하려고 하는 바로 그 순간조차 흘러가버리고 있기 때문이다. 과연 그 어떤 예술가가 정

지된 시점에서 작업할 수 있는가? 게다가 사실주의자들은 이렇게 현실을 고정시킨 다음 그것이 절대 불변인 '사실'이며 영원히 보존될 '진실'이라며 찬미한다. 하지만 프루스트가 보기에 그들의 사실주의적 노력은 현재를 화석화시킴으로써 불변하는 과거로 만드는 시도에 지나지 않았다. 그들에게 과거란 현재의 무덤이나 다름없었던 것이다. 이런 방식으로는 이미 지나가버린 과거에 대해서 갖게 되는 무력감과 허무함을 극복할 수가 없다.

프루스트는 생트-뵈브를 비판하기 위해 논문이나 에세이가 아니라 소설을 쓰기로 결심했다. 먼저 이 소설에서 '줄거리'라는 개념을 빼버리기로 했다. 발단-전개-절정-결말로 이어지는 사실주의 소설의 문법은 '한 인물의 인생을 그가 어떤 사람이고, 무엇을 성취하는가?'라는 결론에 초점을 맞춘다. 주인공의 모든 행동은 미래를 위해 차근차근 준비되지 않으면 안 된다. 결과를 위해 착실히 그의 전(全) 과거를 조정하는 것이다. 이에 반해, 프루스트는 현재와 과거, 심지어 미래까지 동시에 배치하는 구성을 선택했다. '대화'와 '회상'이 모든 장면을 지배하게 할 것이다. 주인공이 가족과 하인들, 그리고 친한 벗들과 함께 응접실, 산책길, 그들 각자의 사설 도서관이나 아틀리에에서 긴 담소를 나누는 것도 좋겠지.

그런데 어머니와 친구 사이의 대화라고? 목자와 신도 사이의 교리문답도 아니고, 교사와 학생 사이의 진리 탐구도 아니다. 가장 친밀한 사이에서 이루어지는 대화. 가족사에서부터 시사 문제까지, 결혼 같은 인생사에서부터 학교나 직장에서 겪은 여러 에피소드들에 이르기까지, 이야기는 얼마든지 자유자재로 번져 나갈 수 있다. 회상이라고? 그것 역시 무방향적이고 무목적적으로 그 어떤 생각도 한없이 이어 갈 수 있는 자기와의 대화 아닌가? 프루스트는 어디로 튈지 모르는 이 대화와 회상 속에 '과거'를 불러들이기로 했다. 예측 불가능한 과거들이 모두 우연한 기회에, 생각지도 못했던 방식으로, 귀환하게 될 것이다. 그때는 몰랐던 것이 이야기를 하다 보니 알게 되고, 그때 잘못 알고 있었던 것이 어쩌다 보니 전모가 드러나기도 하겠지. 1912년, 프루스트는 마침내 자신의 기획이 『생트-뵈브에 반대하며』라는 제목과 맞지 않는다는 판단을 내렸다. 그리고 자신의 작품이 단 한 권에 그칠 수 없다는 것도 깨달았다.

프루스트는 처음부터 서적이나 신문을 통해서 취한 정보들로 작품 속 내용을 채우려 하지 않았다. 소위 객관적인, 즉 '사실적인 사실들'을 거부했다. 대신 그 자신이 살아오면서 직간접적으로 경험한 사건들, 방문했던 장소들, 그리고 사랑하거나 미워했던 친구와 연인들을 떠올렸다. 자신이 거쳐 온 인연들을 이야기의 원석으로 삼으려 했다. 잊어버리고 있던 기억, 미처 생각지 못했던 기억, 잘못 알고 있었던 기억들과 조우하려 했다. 바로 망각된 기억들 말이다. 죽고 없어져버린 과거, 무상하게 흩어져 날아가버린 과거, 즉 '잃어버린 시간'을 부활시킬 필요가 있었다. 의도적으로 기억한 과거들은 모두 영광과 원한 속에 박제된 것들, 아무리 멋지고 화려해도 죽은 과거일 뿐이기 때문이다.

물론 놓쳐버린 과거를 회상한다는 것은 고통스러운 일이다. 망각된 과거가 영광스럽고 아름답다면 상실감은 더 커질 것이고, 어리석고 추하다면 그것을 다시 직면하는 고통을 감수해야만 한다. 게다가 과거가 되돌아올 때마다 매번 달라지기만 할 뿐이라면 그 또한 공허하고 무의미한 반복에 불과하지 않겠는가? 오늘의 방식으로 되살아난 과거들은 새롭게 의미화되어야 했다.

정숙했던 연인이 실은 바람둥이였고, 알고 보니 레즈비언이었으며, 그럼에도 불구하고 나에게 신의를 지키기 위해 애썼구나! 나는 이미 죽고 없는 연인의 부정을 뒷조사하느라 그만 이렇게 늙어버렸구나! 도대체 '사랑'이란 무엇일까? '이 사랑'을 해석하려면 어떤 참고서를 읽어야 하고, 어떤 연애고수를 만나야 할까? 이처럼 사랑이 품고 있는 진실은 오직 시간 속에 펼쳐진 '이 사랑'의 편린들 속에서만 탐구될 수 있다. 이 사랑에서 뭔가를 배울 수 있는 사람도 오직 나뿐이다! 프루스트는 망각된 과거들이 매번 다른 방식으로 되살아나는 것을 보여 주면서, 그 과거들 속에서 사랑과 우정 같은 수많은 가치들에 대해 질문하고 답하는 주인공을 창조하기로 했다. 한 사람 한 사람의 인생은 유한한 시간의 흐름을 거스를 수 없다. 그러나 그 인생은 무궁무진한 이야기의 씨앗을 품고 있다. 관건은 우리가 그 씨앗들을 발아시킬 수 있느냐 없느냐다. 프루스트는 자신의 주인공과 함께 우리들이 살아온 삶, 모든 허무한 과거가 실은 배움의 씨앗을 가득 품은 풍요로운 대지라는 것을 증명해 보이기로 했다.

프루스트는 망각된 것들 중에서도 사소하고 유치한 과거, 나쁜 과거에 더욱 집중하기로 했다. 또 유태인 부르주아나 남색가 귀족, 속물적인 예술가들을 중요한 인물로 설정하려고 했다. 바로 이 지점이 생트-뵈브를 본격적으로 반박하는 대목이랄 수 있다. 프루스트는 고상한 교육을 받은 선한 인간만이 행복한 삶을 누릴 자격이 있는 것은 아니며, 오히려 가장 비천한 장소와 불결한 도덕관 위에서 인간의 본성과 삶의 의미에 대한 통찰이 가능하다는 것을 보여 주려 했다. 첫사랑과 결혼하고 아이 낳고 그렇게 오래오래 행복하게만 살았던 부부는 '사랑'의 본질에 대해 생각해 볼 기회조차 얻지 못할 것이다. 드라마나 영화를 비롯한 예술, 대중문화가 근친상간이나 불륜과 같은 극단의 사랑만을 다루는 까닭이 무엇일까? 우리가 사랑의 한계와 마주했을 때 비로소 '사랑'에 대해 질문하게 되기 때문이다. '이것도 사랑일 수 있단 말인가!'『잃어버린 시간을 찾아서』에서는 소심하고 가난한 시골의 피아노 선생 뱅퇴유 씨가 불멸의 소나타를 창조하고, 매춘부와 살롱의 마담들에게 아첨하는 천박한 화가 엘스티르가 회화사의 혁명을 이끌어낸다. 당시는 미래를 위해 봉사하는 과거만을 찬미하던 시대였다. 하지만 프루스트는 쓸모없는 과거를 예술의 창조와 함께 부활시키고자 했다.

프루스트에게 글쓰기란 과거를 전혀 다른 방식으로 되살아나게 만드는 기술, 되돌아온 과거를 통해 현재를 무한한 배움의 시공간으로 바꾸는 방법이었다. 삶에서 사소하거나 어리석기만 한 것은 하나도 없다. 이런 글쓰기와 함께 프루스트의 인생도 서서히 바뀌고 있었다. 평범한 부르주아에서 삶의 진실을 탐험하는 작가로 말이다. 밀란 쿤데라는 미래야말로 어느 누구에게도 관심이 없는 냉담한 진공이라고 했다. 대신 과거는 생명으로 넘친다. 쿤데라는 우리를 번뇌에 휩싸이게 하면서, 계속 그것을 부수거나 다시 만들도록 부추기는 과거를 통해서만이 미래를 부르는 행위라고 보았다.

"사람들은 나은 미래를 만들고 싶다고 외치지만 그건 사실이 아니다. 미래는 아무도 관심을 갖지 않는 무심한 공허에 불과할 뿐이지만 과거는 삶으로 가득 차 있어서 그 얼굴이 우리를 약 올리고 화나게 하고 상처 입혀 우리는 그것을 파괴하거나 다시 그리고 싶어한다. 우리는 오직 과거를 바꾸기 위해 미래의 주인이 되려는 것이다."밀란 쿤데라,『웃음과 망각의 책』, 백선희 옮김, 민음사, 2013, 49쪽

쿤데라가 프루스트의 영향을 받았는지는 잘 모르겠다. 하지만 프루스트가 쿤데라의 책을 읽었다면 옳거니! 무릎을 쳤을 것이다.

글을 쓸 때 우리 앞에 펼쳐지는 시간은 과거인가, 현재인가, 미래인가? 우리는 있었던 일을, 했던 생각을 쓰기 위해 펜을 들고 컴퓨터를 켜지만, 언제나 쓰는 그 순간에 우리의 모든 과거는 현재적 시점에서 변용되고 새롭게 창조된다. 글쓰기는 모든 순간을 현재화한다. 글쓰며 사는 삶, 언제나 새롭게 되돌아오는 과거와 함께하는 배움의 길 위에 서는 삶에 '끝'이란 말은 어울리지 않는다. 프루스트는 오직 글을 쓰는 현재, 끊임없이 배움이 일어나는 현재만 있는 소설을 쓰기로 했다. 나중에 프루스트의 이런 기획을 간파한 한 작가는 이렇게 말했다.

"『잃어버린 시간을 찾아서』에는 잃어버린 시간도 되찾은 시간도 없다. 과거도 미래도 없는 시간, 오로지 글이 태어나는 고유한 시간만 있을 뿐이다. 『잃어버린 시간을 찾아서』의 시간성이

그렇게 유동적이고 회피적이며 잘 잡히지 않아 때로는 늘어가는가 하면, 때로는 건너뛰기도 하고 순환적이면 모를까 결코 선형적이지 않은 것도, 당연히 날짜가 기록되지 않는 것도 그래서다. [……] 샹젤리제에서 노는 아이들이 아직도 굴렁쇠나 굴리며 노는 또래의 아이들인지, 몰래 숨어 이미 첫 담배를 피우는 또래의 아이들인지 모를 일이다."_{장루이 퀴르티스; 레비-스트로스, 고봉만·}

_{류재화 옮김, 『보다, 듣다, 읽다』, 이매진, 2005, 8~9쪽에서 재인용}

글쓰기를 통해 우리는 무상한 시간을 새로운 창조의 순간으로 재창조할 수 있다. 이런 예술의 시간이야말로 시간을 잃어버리면서 사는 우리에게 '되찾은 시간'이 될 것이다. 프루스트는 자신의 작품을 글쓰기라는 비전을 탐구하는 한 청년의 이야기로 만들기로 했다. 마침내 작품의 제목이 결정되었다. '잃어버린 시간을 찾아서!'

4. 어떻게 잃어버린 시간을 되찾을 것인가?

『잃어버린 시간을 찾아서』는 전체 7편으로 구성되어 있다. 앞서 언급했듯이 제1편 「스완네 집 쪽으로」가 출판된 것은 1913년이고, 제2편 「꽃핀 소녀들의 그늘에서」는 전후인 1919년에 나왔다. 1920년에 제3편 「게르망트 쪽」이, 1921년에 제4편 「소돔과 고모라」 1부가, 1922년에 「소돔과 고모라」 2부가 나왔다. 1923년에 나온 제5편 「갇힌 여인」부터는 작가 사후에 간행된 것으로, 1925년에는 제6편 「사라진 알베르틴」이, 1927년에는 제7편 「되찾은 시간」이 나왔다. 프루스트는 제1편과 제7편을 동시에 작업했고, 생트-뵈브 반박 원고를 준비하면서 설계한 애초의 윤곽을 거의 바꾸지 않았다.

작품의 표제와 중심 사건으로만 놓고 보면, 주인공의 인생에서 가장 중요한 사건은 사교계의 다크호스가 된 것과 연애의 실패다. 먼저 주인공은 매춘부를 불러들여야만 겨우 활기를 얻는 부르주아의 살롱(제1편), 상류층의 향락지이자 유토피아인 노르망디 해변(제2편), 그리고 위대한 유산의 보고인 대귀족의 저택(제3편)을 전전하면서 화려하고 멋있는 최고급 사교계를 편력한다. 그리고 제4편부터 제6편까지는 화자가 이 외적 세계의 편력에서 환멸을 느끼고 난 뒤 사랑의 문제에 몰두하게 되는 이야기다. '소돔과 고모라', '갇힌 여인', '사라진 알베르틴' 같은 제목들이 말해 주듯이 이 사랑의 세계는 사도마조히즘과 실패한 연애담으로 가득 차 있다. 이렇게 헛된 사랑의 세계에서 실컷 방랑한 뒤, 화자는 문득 지난 세월을 뒤로 하고 오래전에 포기했던 작가의 꿈을 다시 부여잡는다. 이미 늙고 병들어버린 시점에서 말이다(제7편).

주인공의 표면적인 이력만 따라가다 보면 이 작품은 시간을 허비한 사나이의 한탄스러운 실패 회고담처럼 보이기도 한다. 그러나 프루스트에게 중요한 것은 겉으로 드러난 한 사람의 인생 궤적이 아니다. 프루스트는 오직 삶이 품고 있는 진리에만 관심이 있었으며 우리가 그것을 어떻게 되찾을 수 있는지를 고민했다.

1912년 『잃어버린 시간을 찾아서』를 새로 시작했을 때, 프루스트는 이미 작품의 전체 구조와 문체를 확정하고 있었다. 시작과 끝이 맞물려 있는 원환(圓環) 구조와 과거의 여러 시점을 동시적으로 포착하는 현재적 글쓰기, 오직 글을 쓰는 현재만을 보여 주도록 하자! 그는 자신이 기획한 구조와 문체를 실현시키기 위해서 먼저 과거에서 현재로, 다시 미래로 이어지는 선형적 시간관, 즉 사실주의 소설의 기본 문법을 파괴했다. 그러기 위해 작품의 처음과 끝을 동시에 집필하는 실험을 구상했다. 그러려면 날짜나 시간, 나이와 같이 시간의 단선적 진행을 표시해 주는 말들을 쓰지 않아야 할 것이다. 꿈과 기억이 뒤섞이고, 자신이 읽은 것과 경험한 것이 뒤섞일 수도 있었다. 유년과 청년, 장년 시절이 동시에 펼쳐져야 했다. 그리하여 다음과 같은 시작이 나왔다.

나는 오래전부터 일찍 잠자리에 들었다. 이따금 촛불을 끄자마자 바로 눈이 감겨와 '아, 잠이 드는구나' 느낄 틈조차 없었다. 그러면서도 30분쯤 지나면 이제 잠들어야지 생각하면서도 눈이 떠진다. 아직 손에 들고 있는 줄 알고 책을 내려놓으려 하며 촛불을 불어 끄려 한다. 잠이 들면서도 좀 전까지 읽고 있던 책에 대해 생각하고 있었던 것이다. 그런데 그 생각은 조금 독특한 것으로 변해 있다. 즉 교회나 사중주(四重奏)나 프랑수아 1세와 카를 5세 사이의 싸움 따위 들이 나 자신의 일처럼 느껴진다. 이런 기분은 깨어난 뒤에도 얼마간 이어지는데, 그것은 나의 이성에 별로 어긋나지 않지만 마치 비늘처럼 눈꺼풀을 덮어, 촛불이 이미 꺼져버렸다는 사실을 잊게 한다. 이어 그것은 뜻을 모르는 일이 되어 가기 시작한다. 마치 태어나고 죽고 다시 태어나기를 되풀이하면서 전생의 일들이 알 수 없게 되는 것처럼, 책의 주제는 나를 떠나, 내가 그 주제에 매달리거나 말거나 내 마음대로다. 나는 어느새 시력을 회복하여 주위가 캄캄한 데 놀라지만, 눈에 쾌적하고 부드러운 어둠, 아마 정신에게는 더한층 쾌적하고 부드러울 어둠 ── 왜냐하면 정신에게 이 어둠은, 까닭 모를, 정말로 애매한 그 무엇으로 보이기 때문이다. 프루스트, 「스완네 집 쪽으로」,

『잃어버린 시간을 찾아서』 1권, 41쪽

작품은 파리에 사는 마르셀의 회상으로부터 시작한다. 「스완네 집 쪽으로」의 첫 부분에 꿈과 현실 사이, 몽상과 기억 사이에서 서성대는 인물은 분명 장년의 마르셀이다. 「되찾은 시간」의 시점에 서 있는 마르셀인 것. 작품 전체는 이 장년의 마르셀이 마들렌 과자 한 입에 의해 자신의 유년 시절을 회상하면서 「꽃 핀 소녀들의 그늘에서」를 거쳐 「되찾은 시간」에 이르기까지 연대기적 순서대로 진행되다가, 마침내 자신의 인생을 쓰기로 결심하는 이 '현재'의 시점에 도착하게 된다. 이렇게 작품은 시종일관 현재를 유지하고, 이 현재 위에서 여러 과거들이 펼쳐지고 접힌다.

마르셀은 현재 속에서 끊임없이 회상한다. 회상했던 일을

잃어버린 시간을 찾아서, 되찾은 시간 그리고 작가의 길

또 회상하고, 그 회상을 다시 회상한다. 그리고 마르셀은 이 모든 회상을 쓴다. 그는 오직 자신의 회상 안에서만 나이를 먹는다. 여러 겹의 회상 속에서 과거는 매번 다른 진실을 안고 되돌아오고, 이 되돌아옴 안에서 십대의 화자와 이십대의 화자, 이들을 조망하는 장년의 화자가 자연스럽게 같은 페이지, 그러니까 '회상을 쓰고 있는 지금'의 지면 위로 모여든다. 이렇게 『잃어버린 시간을 찾아서』는 잊고 있었거나 사소하게 취급했던 과거들이 갑자기 출현해서 서로 충돌하는 '현재들'로 꽉 찬 시간을 만들어 냈다. 과거들의 콜라주, "마술적인 동시성"의 세계를.모리스 블랑쇼, 『도래할 책』, 심세광 옮김, 그린비, 2011, 28쪽

이런 방식으로 과거의 의미와 공간의 색채는 계속 바뀌어 간다. 여기에서 중요한 것은 과거가 회상될 때마다 인물들의 정체성이 함께 변한다는 사실이다. 콩브레에서 잠깐 스쳐 지나갔던 마르셀과 샤를뤼스 씨의 관계는 회상을 거치면서 어린아이와 시골 촌부로, 미소년과 남색가로, 멘티와 멘토로 바뀌어 간다. 어디 샤를뤼스 씨뿐이랴. 스완이나 오데트 등 수많은 인물들 역시 회상할 때마다 다른 존재로 다가오게 된다. 최종적으로 주인공 마르셀도 이들 인물들의 변신과 함께 문학 소년으로, 사교계의 다크호스로, 귀부인의 젊은 애인으로, 노쇠하고 외로운 부르주아로, 낭비벽 있는 몽상가로, 그리고 마침내 성실한 예술가로 변

신한다.

그렇다면 잃어버린 시간이란 무엇인가? 일차적으로 그것은 허망하게 흘러가버린 시간을 의미한다. 경험하는 동안에는 잠재적인 인과들을 전체적으로 통찰할 수 없기 때문에 시간은 그저 덧없이 흐른다. 회상을 통해 그 잠재적 인과들이 풀리기 시작하는 것이다. 그리고 과거의 인연들 속에서 자신을 새롭게 발견할 수 있게 된다. 만약 작가 프루스트가 더 오래 살아 작품 속 마르셀에게 회상의 기회를 더 많이 부여했더라면 마르셀은 또 다른 삶 속에서 자신의 정체성을 발견했으리라. 사실 살롱의 댄디나 몽상가 같은 정체성이란 마르셀이 현재 속에서 구성할 수 있었던 몇 개의 마르셀일 뿐이다. 이런 관점에서 보면 마르셀에게 과거는 결정된 것이 아니며, 오히려 과거는 현재적 관점에서 시시각각 변한다. 현재는 회상을 통해 과거라는 새로운 공기를 마심으로써 활기를 띤다. 덕분에 마르셀은 회상을 통해 수많은 인생을 다시 살게 된다. 만약 프루스트에게 인생의 일회성에 대해 어떻게 생각하는지 물어본다면, 그는 대답하리라. 회상은 하나의 인생을 수많은 드라마로 바꿔 준다고. 회상이야말로 우리의 유한한 삶을 무한한 풍경 속에서 바라볼 수 있게 한다.

이렇게 제1편부터 제6편까지는 마르셀이 그때 그 순간에는 충분히 알 수 없었던 잃어버린 진실들을 되찾는 시간 탐험이다.

그런데 제7편「되찾은 시간」부터 회상의 중심에 놓인 테마는 예술이다. 왜냐하면 예술이야말로 시간의 무한한 펼쳐짐을 가능케 하면서 삶의 본질적인 것들에 대해 성찰하게 하기 때문이다. 반 고흐가 그린 낡고 닳은 구두 한 켤레는 그 구두를 신는 사람의 땀내 나는 발과 거친 작업장을, 쉬지 않고 걷고 일했을 누군가의 고생스런 인생을 떠올리게 한다. 그동안은 보이지 않았고 들리지 않았던 삶들이, 내가 길에서 만났던 누군가, 나의 아버지일 수도 있고 나의 친구일 수도 있는 그들의 신산한 인생이 그 그림으로부터 순식간에 확 펼쳐지는 것을 보게 되는 것이다. 그리하여 마침내 우리는 잃어버리고 있었던 인생의 의미를 되찾을 수 있는 기회를 얻게 된다.

이제 우리는「스완네 집 쪽으로」앞에 왔다. 우선 작품들을 순서대로 읽으면서 마르셀의 편력에 동참해 보자. 매번 다른 이야기를 안고 되돌아오는 마르셀의 과거를 흥미롭게 따라가다 보면 우리가 흘려 보냈던 시간이 갑자기 되돌아오거나 전혀 생각지도 못했던 인생의 비밀을 깨닫게 될지도 모른다. 프루스트는 자신이 펼쳐 낸 이 찾기의 여로가 수많은 독자들의 삶이 품은 진리들에 가닿기를 참으로 간절히 기도했었다. 자, 이제 마르셀과 함께 시간 여행을 떠나 보도록 하자.

1장

잃어버린 시간은
어디에 있는가?

1. 잃어버린 시간의 원풍경 '콩브레'

책 제목 그대로 마르셀의 과업은 잃어버린 시간을 찾는 것이다. 시간이 무슨 분실물인가? 잃어버리고 찾을 수도 있다니. 혹시 마르셀은 보르헤스의 단편에 등장하는 '기억의 천재' 푸네스처럼 완벽한 지각과 기억력을 가진 것인가? 결론부터 말하자면 마르셀은 과거의 파편들을 완벽하게 그러모으려는 편집증 환자가 아니다. 단지 그는 우리가 시간을 '잃어버리면서' 산다는 것을 자각했고, 동시에 얼마든지 시간을 '되찾을' 수도 있다는 것을 체험했다. 이 모든 깨달음은 우연히, 순식간에, 동시적으로 일어났다.

어느덧 마흔이나 되었을까? 마르셀은 '평소 습관과는 달리' 어머니가 권한 마들렌 과자를 홍차 한 잔에 적셔서 베어 물게 된다. 그 순간, 깊은 쾌감, 생의 무상함을 초월한 것 같은 느낌에 빠져들었다. 여기에서 그는 피안을 느꼈다고까지 고백한다. 과연 이 행복의 원인은 어디에 있는가? 그는 마들렌 과자를 한 입 더 맛보았다. 그러나 처음만큼의 감동은 느낄 수 없었다. 그렇다면 원인은 과자가 아니다. 그럼 도대체 무엇인가? 그는 기쁨의 원인을 추적하기 위해 몇 번이나 자신의 의식에 집중해 본다. 그리고 마침내 깊은 심연에서 떠오르는 기억의 발소리를 듣게 된다. 그것은 바로 콩브레였다.『잃어버린 시간을 찾아서』는 마치 기억의 심연인 듯 콩브레를 소개하면서 시작한다.

그런데 흥미롭게도 콩브레는 평범하고 조용한 마을이다. 기차를 타고 콩브레에 들어갈 때, 멀리 사방 100리를 거쳐 성당 종탑 하나만 덩그러니 보이는 시골이다. 지옥문을 지키는 개 같은 것은 당연히 나오지 않고, 젖과 꿀이 흐르는 풍요로운 대지도 없다. 어린 마르셀이 머물던 레오니 아주머니의 집, 그 2층 창문에서 내려다보면 동네 전체가 한눈에 들어온다. 콩브레는 크게 마르셀의 집을 기준으로 스완네 집이 있는 메제글리즈와 게르망트라는 공작의 영지로 나뉘는데, 이 마을에서 핫이슈가 되는 사건 사고란 고작해야 낯선 개의 출현이나 동네 간병인 왈라리 어멈의 말실수 같은 것들이다. 마을 사람들에게 '게르망트'니 '스완'이니 하는 이름은 신문지상에서나 볼 수 있는, '가까이하기엔 너무나 먼 당신들'이었다. 그래서였을까? 마르셀은 파리 생활 내내 거의 콩브레를 떠올릴 일이 없었다. 그런데 갑자기 떠오른 콩브레가 피안의 안락을 가져다주다니!『잃어버린 시간을 찾아서』전체는 어째서 마들렌 과자 한 입으로 맛보게 된 과거가 우리에게 지복을 가져다주는지를 찾아가는 여정이 된다.

자, 그럼 프루스트가 소설의 도입부에서부터 강조하고 있는 과거-콩브레의 의미에 대해 생각해 보자. 콩브레는 우선 아름다운 유년 시절을 상징한다. 가족애와 이웃사랑으로 충만한 유년의 세계 말이다. 프티부르주아 집안의 외동아들은 엄마의 굿나잇 키스를 받느냐 못 받느냐 때문에 밤잠을 설치고, 가족들은 이웃 스완 씨가 잠깐 들를까 말까를 놓고 하루 종일 설전을 벌인다. 또 스완 씨의 방문을 핑계로 정원 산책에 나선 외할머니는 손님보다는 장미나무를 만지는 기쁨에 더 들떠 있다. 마르셀에게 콩브레는 작품으로 되살려야 할 과거의 이미지 그 자체였고, 그에게 과거란 풍요롭고, 소중하고, 아름다운 시간이다.

이 아름다운 유년은 다시 돌아온다. 소설의 도입부에 이웃 스완 씨의 방문으로 소란이 일어나는 장면이 하나 나오는데, 이때 스완 씨가 밀고 들어오는 문에 종이 하나 걸려 있다. 이 종이 달랑달랑 울리는데 마지막권 「되찾은 시간」에서 장년이 된 마르셀은 환청처럼 이 소리를 다시 듣는다. 시간의 중단 없는 흐름, 나라는 존재란 그 생장의 거대한 흐름 없이는 생각할 수 없는 것이다. 그렇게 콩브레는 현재를 지탱해 주면서 시간을 피어오르게 하는 원천, 아득한 시간의 기점이 된다.

다음으로 콩브레는 마르셀이 처음으로 작가의 꿈을 품게 된 고장이다. 해질녘에 마을 성당의 종탑이 시시각각 변하는 모습은 얼마나 신기했던지! 어린 마르셀은 우연히 마차를 타고 가다가 노을 속 고장의 풍경을 보면서 자신도 모르게 펜을 들지 않을 수 없어서 글을 쓰게 된다. 그리고 처음으로 아름다움에 대해 생각하게 되는데, 그것은 고정된 미감이라기보다는 시간의 변화 속에서 유일하면서도 예측 불가능하게 모습이 변하는 대상이 주는 쾌감이었다. 마르셀의 글은 그런 변화에 자신을 푸욱 담근 결과, 아무런 계획 없이 오직 시간의 흐름을 타는 가운데 나온 것이었다. 마르셀은 처음으로 글쓰기에 대한 비전을 갖게 되고, 이후 줄곧 자신의 운명은 글을 쓰는 것이라고 믿는다.

콩브레는 마르셀이 자신의 운명을 자각하게 된 원풍경이 된다. 꿈을 이루는 데 그 어떤 장애도 없는 소중한 추억의 시공간이다. 이처럼 되돌아갈 수 없는 그때, 천진난만한 꿈을 간직한 그 시절은 아름답다. 그런데 잘 생각해 보아야 한다. 콩브레에 대한 마르셀의 태도는 그저 '그 시절이 좋았지~'에 그치지는 않기 때문이다.

유년을 다루는 대개의 예술 작품들은 종종 그 시절이 가난과 상처로 얼룩진 시간이었음에도 불구하고 아름다웠다고 회상한다. 혹은 자서전 같은 것을 떠올려 보자. 사람들은 왜 자신의 과거에 대해 쓰려고 하는 것일까? 현재를 만족스럽게 여기는 자에게는 오늘을 있게 한 영광의 시간이요, 현재가 비참한 자에게는 오늘의 상처를 잊게 만들어 주는 향수의 시간이기 때문이다. 그런데 여기에는 과거와 현재에 대한 하나의 태도가 전제되어 있다. 과거는 무용하다는 것이다. 과거는 지나가버린 시간이기 때문에 지금 이 순간에 아무런 실질적 영향력을 행사할 수 없다고 보는 논리이다. 논과 밭이 펼쳐진 전원이 하나의 풍경으로 아름다운 관조의 대상이 될 수 있었던 것은 기차의 발달과 직접적으로 관련이 있었다. 두꺼운 유리창과 철갑 안에서 안락하게 차창 밖을 볼 수 있었던 승객들은 거센 비바람 때문에 뿌리마저 흔들리고 있던 농작물에 대해 생각할 필요가 없었다. 이와 마찬가지로 과거란 지금 내가 아무리 해도 어찌할 수 없는 시간이라고 의식하기 때문에 그것을 편안한 마음으로 추억하면서 향수를 즐길 수 있는 것이다.

그런데 마르셀에게 콩브레는 각별하다. 앞서 말했듯이 마르셀은 회상 속에서 콩브레를 새롭게 체험한다. 마르셀의 성장과 함께 콩브레의 의미가 변한다. 처음에는 행복한 유년이었던 것이 소년의 신체가 변하고 사교의 장이 달라지고 시야가 넓어짐에 따라, 콩브레는 다른 색채를 띠게 된다. 덕분에 그는 콩브레를 떠올릴 때마다 낭만적인 신사로, 부르주아 사생활의 연구자로, 명작의 연구자로 매번 다른 인생을 체험할 수 있었다. 『잃어버린 시간을 찾아서』 전체를 통해 반복되는 콩브레는 마르셀에게 매번 다른 인생을 선물하는 역할을 한다. 바로 이 점이 콩브레가 아름다운 이유다. 마르셀에게 콩브레는 지나간 삶을 무한한 잠재력 속에서 바라볼 수 있게 하고, 현재의 생을 얼마든지 다른 방식으로 체험할 수 있다는 것을 증명해 주는 장소인 것이다.

프루스트 시대의 수많은 공상과학 소설은 미지의 세계를 탐험하기 위해 지하 속으로(쥘 베른,『지구 속 여행』, 1864), 바닷속으로(쥘 베른,『해저 2만 리』, 1869), 저 멀리 우주 너머(H. G. 웰스,『타임머신』, 1895)로 날아갔다. 이동 통신 기술의 발달로 사람들은 지하와 바다, 우주 같은 곳까지 생활공간을 확장할 욕망에 부풀어 있었다. 유럽의 제국주의자들은 실제로 아프리카와 같은 미지의 대륙을 식민지로 만들면서 이 의지를 현실화시키기도 했다. 그러나 미지를 향한 그들의 꿈은 실상 얼마나 가혹하게 타인의 꿈을 파괴했던가!

프루스트는 그들과 달랐다. 콩브레는 프랑스의 시골이라면 어디서나 느낄 수 있는 평범한 정취의 고장일 뿐이다. 얼마나 사건사고가 없는 동네인지, 심지어 쓸쓸하기까지 하다. 그런데 프루스트는 이 공간을 배경으로 꿈인 듯 환영인 듯 꿈틀거리는 낯선 시간을 느꼈다. 너무나 일상적인 보통의 나날 안에 얼마나 깨알같이 이야기의 씨앗이 숨어 있었던지, 독자는 책장을 넘길수록 입을 떡! 벌리게 된다. 아니! 그 세련된 매너의 옆집 아저씨가 프랑스 최고의 난봉꾼이라고? 어머, 저 고집 센 가정부 아주머니가 프랑스 혁명의 기수들도 도달하지 못한 인류애를 느끼게 된다고?

프루스트에게 미지의 삶, 혁신의 나날들은 저 멀리에, 아직 경험하지 못했고 알지도 못하는 텅 빈 시공간에 있지 않았다. 미지의 삶이란 한 번도 경험한 적 없는 미래가 아니라, 이미 살았고 경험했던 과거들 속에 있다. 다만 우리가 놓치고 흘리고 잃어버렸을 뿐이다. 충만한 것은 미래가 아니라 과거, 그 과거와 공존하는 현재다.

2. 시간의 박제 장치 — 언어와 습관

마르셀은 갑자기 '잃어버린 시간' 콩브레를 되찾았다. 사건 발생 직전까지 마르셀은 아무것도 예상할 수 없었다. 여기에는 오직 마들렌 과자 한 입의 우연만이 필요했다. 이처럼 작품 속 모든 회상은 마르셀이 의도하지 않았던 순간에 시작된다. 회상을 의도하지 않았다는 점에서 이를 '무의지적 기억'이라고 할 수 있다. 마르셀은 자신에게 익숙한 과거를 재검토하는 대신에 외부적 충격에 의해 우연히 의식의 표면 위로 솟아오르는 과거를 추적해 간다. 마르셀은 과거를 되살리는 두 개의 기억 장치들을 비판하면서 자신의 회상법을 설명하는데 그 하나가 언어이고, 다른 하나는 습관이다.

먼저 언어의 문제부터 살펴보자. 언어는 현실을 능동적으로 표현하고 해석할 수 있는 회로를 열기도 하지만 동시에 특정한 시공간에 내포된 활발한 생명력을 화석화시키기도 한다. 언어화된 표상을 중심으로 현실이 재단되기 때문에 현재의 경험을 생생하게 감각하는 일이 방해받는 것이다. 이를 잘 보여 주는 것이 마르셀이 게르망트 공작 부인을 처음 만났을 때의 에피소드다. 「스완네 집 쪽으로」에 나오는 이야기인데, 예부터 콩브레의 영주였던 게르망트 공작 부인이 어느 혼인식에 참석하게 되고 성당에서 그녀를 처음 본 마르셀은 큰 충격을 받게 된다.

왜냐하면 게르망트에 대해서는 콩브레의 모든 사람들로부터 전해 들어왔을뿐더러 '게르망트'는 학교에서 교과서를 통해 배워 왔던 프랑스 역사 속 주역들을 의미했기 때문이다. 게르망트라는 가문은 샤를마뉴^{Charlemagne} 시대(재위기간 768~814년) 이전부터 신하들의 생사를 좌지우지 했었으며, 게르망트 공작 부인은 주느비에브 드 브라방*의 후예라는 것은 모두의 상식이었다. '게르망트'라는 말 즉 이 언어는 프랑스의 위대함 그 자체를 표상했다. 그런데 바로 이 표상이 문제다. 현실의 게르망트 공작 부인은 이 표상과 너무나도 달랐기 때문이다. 공작 부인은 콩브레 어디서나 볼 수 있는 불그레한 얼굴과 평범한 뾰루지를 코 옆에 가지고 있었다. 마르셀의 정신은 뾰루지를 가진 현실의 공작 부인과 완전무결한 미의 화신인 표상의 공작 부인이 서로 맹렬

---

* Genevieve de Brabant. 중세 유럽의 전설 속 여인. 남편 대신에 골로라는 적으로부터 집안을 지킨 현명함으로 유명함.

잃어버린 시간을 찾아서, 되찾은 시간 그리고 작가의 길

히 싸우는 전장이 된다. 승리가 누구에게 돌아갔겠는가? 둘 다 완패다. 마르셀은 표상의 공작 부인과도 뾰루지의 여인과도 화해할 수 없었다. 이처럼 우리의 기억은 대상에 대한 이미지와 언어들로 채워져 있고 그 언어들로 무장한 채 세상을 인식한다. 때문에 우리는 감각적이고 구체적인 현실 앞에서 번번이 실망하거나 좌절할 수밖에 없다. 마르셀은 이후로도 표상과 현실 사이의 괴리를 계속해서 경험하게 된다.

프루스트는 언어 중에서도 특히 이름에 주목한다. 제1편 「스완네 집 쪽으로」의 제3장은 '고장의 이름: 이름'이고, 제2편 「꽃핀 소녀들의 그늘에서」의 제3장 또한 '고장의 이름: 고장'이다. 개인적인 이유에서건 집단적인 이유에서건 과거는 '지금의 나'를 설명하는 데 중요한 역할을 한다. 우리는 과거에 대한 기억이 오늘까지 연장된다고 하는 사실 때문에 어제의 '나'와 오늘의 '나'가 연속된 존재라고 생각한다. 이때 우리의 '이름'은 과거와 현재 우리들의 동일성을 보장해 주는 장치다. 그래서 기억을 잃은 자들은 자신의 이름을 되찾기 위해 필사적으로 노력하는 것이다. 반면 마르셀은 이름의 명성과 아우라 때문에 언제나 곤란을 겪는다.

두 개의 '고장의 이름' 장은 모두 마르셀이 동경하는 장소에 대한 이야기다. 여기에서 이름들은 낭만과 환상의 상징으로 출현한다. 예를 들면 처음에 마르셀은 발베크, 베네치아, 피렌체라는 이름에 황홀감을 느낀다. 너무나 많은 역사서와 예술서들이 이 고장에 대해 찬미했기 때문이다. 하지만 정작 이 고장을 방문했을 때 그는 깊이 실망할 수밖에 없었다. 특히 발베크 해변에 첫발을 내딛었을 때의 충격이란! 유서 깊은 성당과 수려한 절벽이 있어야 하는 고장에는 그저 평범하고 초라한 성당 한 채와 저 멀리 떨어져 철썩거리고 있는 쓸쓸한 바닷가만 덩그러니 있었다.

이는 비단 마르셀만의 체험은 아니다. 우리는 늘 현실 앞에 실망한다. 여행책자를 보면서 꿈꾸고, 비행기 표를 사면서 상상했던 모든 것이 실제 그 장소에는 언제나, 없다. 사랑에 대해서도 결혼에 대해서도 육아에 대해서도 마찬가지다. 심지어 우리가 사랑하는 가족이나 친구도 마찬가지다. 그 어떤 책, 그 어떤 선험적 진리도 현실에서 내가 느낄 것을 미리 예측할 수는 없다. 이름 자체는 별로 크지가 않다. 반면 현실은 언제나 우리의 말 즉 표상과 통념을 초월한다.

마르셀도 누군가가 그 이름에 부여한 의미나 그 이름 안에 박제된 과거를 통해 대상을 미리 경험했다. 그러나 그런 선(先)체험은 현실에서 아무런 기쁨을 만들지 못했다. '오데트 드 크레시'라는 이름도 그렇다. 그것은 매춘부, 부르주아 귀부인, 공작부인, 벨 에포크의 화신, 예술가들의 뮤즈와 같은 몇 개의 정체성을 다 품지 못한다. 이처럼 고장의 이름, 가문의 이름, 사건의 이름들은 실은 수많은 풍경들, 수많은 역사들, 수많은 해석들 중 오직 하나의 정보만 간직한다. 마르셀은 이름이야말로 시간을 박제화시키는 장치, 기억의 무덤이라는 것을 충격과 혼란 속에서 깨닫는다.

우리는 종종 어떤 대상의 특징을 포착하기 위해 이름을 붙인다. 하지만 이름과 같은 언어 표상 때문에 어떤 대상의 수많은 특징이 단 한 개로 압축되는 것은 아닐까? 언어 때문에 그 대상이 특정한 이미지 속에 고착되어버리는 것은 아닐까? 마르셀은 언어로 고착화된 현실이 결국에는 허무감만 낳을 뿐이라는 것을 알게 된다. 마르셀이 보기에 라베르마라는 고명(高名)한 여배우의 이름, 사실주의 문학이라는 문학 사조의 명칭, 드레퓌스파와 반(反)-드레퓌스파라는 정치적 구별 등 이 모든 추상화된 언어들은 구체적인 현실을 설명하기에는 역부족이었다. 결국 그는 고장의 이름과 가문의 이름의 한정성에 여러 번 실망하고 난 뒤, 언어가 보장해 주는 객관적 대상 세계를 부정하게 된다.

물론 프루스트가 언어 자체를 폐기하자고 말하는 건 아니다. 프루스트는 언어의 문제를 아예 다르게 설정한다. 언어가 해야 할 일은 늘 표상의 그물을 빠져나가는 현실을 단속하는 것이 아니라 그동안 볼 수 없던 것, 식별할 수 없었고 감지할 수 없었던 것을 알 수 있게 하는 것이다. 바꾸어 말하자면, 프루스트는 언어의 발명이야말로 이름이 가둔 현실에게 생명력을 돌려주는 일이라고 보았다.

"모든 걸작은 일종의 외국어로 쓰인다"는 프루스트의 말을 이런 맥락에서 음미해볼 수 있다. 작가는 모국어가 보장해 주는 의미의 안정성, 그 익숙함을 파괴하면서 낯설면서도 기묘하게 세계의 잠재적 차원을 드러낸다. 작가는 모국어의 작동을 삐거덕거리게 만들면서 새로운 의미가 드러날 때까지 언어를 실험한다. 『잃어버린 시간을 찾아서』의 끝에서 마르셀은 마침내 잃어버린 시간을 되찾는 길, 작가의 길을 걷기로 한다. 이때 마르셀이 결심했던 것은 바로 이런 언어적 실험과 모색의 삶이었다.

이름만큼이나 강력한 시간의 박제 장치는 습관이다. 마르셀이 제대로 된 글을 쓸 수 없었던 것은 재능이 없어서라기보다 일상적으로 돌아가는 사교 생활을 멈추지 못해서다. 스완 씨가 오데트의 부정을 알고도 그녀와 헤어질 수 없었던 것 역시 속으면서 지내는 일상에 길들여져서다. 습관은 모든 낯설고 신기한 것을 자신의 테두리 안에 밀어넣고 그것을 서서히 부패시킨다. 『잃어버린 시간을 찾아서』에서 습관의 최악을 보여 주는 장면은 아마도 스완이 오데트와 결혼을 결심하게 되는 순간일 것이다.

앞에서 잠깐 소개했지만 스완은 프랑스 상류사회의 슈퍼스

타로 온갖 문화적 소양으로 생활을 다 도배한 인물이다. 그런 그가 말년에 이상한 아가씨와 사랑에 빠지게 되는데, 그녀가 비천한 신분에다가 '천박한 악덕'(매음)의 소유자라는 것을 알게 됨에도 불구하고 그녀로부터 헤어나올 수 없게 된다. 왜냐하면 낮에는 그녀와 산책하고 밤에는 그녀의 뒤를 캐는 생활에 길들여졌기 때문이다. 습관이 된 구애와 배반의 일상이 그를 꽉 움켜쥐고 있었기에 그는 오데트의 부정을 밝히고 헤어지느니 그녀를 의심하고 사는 일상을 유지하는 것이 차라리 낫겠다고 생각하게 되는 것이다. 그리고 결혼은 그런 일상을 유지해 줄 최선의 방편이었다.

마르셀에 따르면 우리의 꿈, 우리의 사랑, 우리의 나날들은 이런 습관의 연속이다. 습관은 우리가 자신의 사랑과 삶에 대해 진지한 질문을 던지는 길을 가로막는다. 습관은 우리의 현재를 비약이나 단절 없는 상태로 계속 안정화시킨다. 똑같은 오늘을 똑같이 반복한다니? 그것은 과거를 반복적으로 회귀하게 하는 것이다. 늘 같은 일상 속에 산다는 것은 늘 같은 과거만을 갖고 산다는 뜻이 되는 셈이다. 처음 발베크에 도착했을 때, 거기엔 그토록 마르셀을 떨리게 하던 엘리베이터가 올라가는 소리, 호텔 냅킨의 빳빳한 느낌, 객실의 서걱거리는 이불이 있었다. 그러나 여름 한철이 지나자마자 모든 것은 눅눅해지고 말았다. 마르셀은 해질녘 해변을 보면서도, 새로운 투숙객과 스쳐 지나가면서도, 전혀 긴장하지 않게 되었다. 이처럼 모든 새로움은 습관의 자력에 이끌려 신선도를 잃는다. 그런 점에서 마르셀이 베어 문 마들렌 과자 한 입은 매우 중요하다. 그것은 습관의 탈주, 즉 새로운 기억이 펼쳐지게 될 신호였다. 잃어버린 시간을 찾는 여행은 여기서 시작된다.

당대 최고의 지성이자 빼어난 학식과 현실감각의 소유자였던 마르셀 프루스트. 그는 왜 하필 소설을 썼던 것일까? 철학, 사회학, 역사학 같은 엄정한 학문들은 모두 객관 세계를 탐구한다고 한다. 그렇지만 프루스트가 보기에 그런 과학들은 수많은 시간 체험을 특정한 논리 형식 속에 박제화시키고 고착화시키면서 그것을 '객관적'이라고 포장하고 있었다. 프루스트에게는 그런 '객관적 세계'야말로 언어와 습관 때문에 잃어버린 시간 자체였다. 그래서 그는 객관을 찬미하는 세계를 떠나 있을 법한 일들로 넘쳐나는 세계, 잠재적 삶들이 부활하는 세계, 끝도 없이 펼쳐지는 이야기의 세계로 들어갔다.

3. 감각인상과 시간의 동시성

〈세일러 문〉이나 〈시간을 달리는 소녀〉 같은 애니메이션에서 종종 주인공들이 변신을 하거나 시공간 이동을 할 때 그 순간을 극화시키면서 길고 자세하게 그려 보여 줄 때가 있다. 일정한 리듬을 흐르던 작품 속 시간이 결정적인 장면에서 갑자기 늘어나는 것이다. 이를 단순히 만화적 상상력이라고만 치부할 수 없는 것이, 실제로 우리도 그런 식의 기이한 시간경험을 하기 때문이다. 나도 어릴 때 교통사고를 당하던 순간을 잊을 수 없다. 위험을 경고한 기사 아저씨의 목소리와 클랙슨 소리가 '아주 느린 속도로', '저 멀리서' 들려왔다. '한참 뒤에' 정신을 차렸다고 생각했지만 그것은 내가 막 길바닥 위로 날아 떨어진 직후였다. 이처럼 시간이라는 것은 사건 속에서 비균질적으로 체험된다. 그런가 하면, 큰 사고를 당하거나 죽음을 목전에 둔 사람들은 종종 예기치 못한 생의 순간들이 갑자기 눈앞에 파노라마처럼 펼쳐진다고 한다. 평소에 의식하지 못한 과거의 기억들은 대체 어디에 있다가 이렇게 불쑥 나타나는 것일까? 어쩌면 과거는 재가 되어 흩어져 버리는 게 아니라 어딘가에 숨겨진 채로 보존되는 게 아닐까?

이와 같이 시간이 '과거에서 현재로 다시 미래로 이어져 나가는 균질적이고 단선적인 연속'이라는 상식은 일상 속에서 쉽게 깨어진다. 마르셀도 이 점에 주목했다. 그가 제시하는 근거는 두 가지다. 첫번째는 시간의 동시성 체험이다. 마르셀은 우리의 현실이 무수한 시간들이 공존하기도 하는 동시성의 무대라는 것을 깨닫는다. 그 계기가 바로 마들렌 과자다. 마들렌 과자는 파리의 어느 추운 저녁과 콩브레의 따사로운 오후를 현재 안에 공존하도록 만들었다.

동시성의 파노라마가 극대화된 또 다른 장면은 「되찾은 시간」에 나오는 포석 사건이다. 장년의 마르셀은 전쟁의 포화 속에서도 게르망트 가문의 '마티네'^{낮 파티}에 참석한다. 저택의 안마당에서 평평하지 못한 돌부리에 걸려 넘어지는 순간, 발베크 해변의 수목들, 콩브레 마르탱빌 종탑, 마들렌 과자의 맛이 연이어 떠오른다. 포석 하나로 촉발된 시간의 동시적 윤무 속에서, 최초의 순간에는 "어쩐지 서글픈 느낌이 들어서" 충분히 음미할 수 없었던 것을 순수하고도 비구상적인 차원에서 온전히, 다시 즐길 수 있게 된다. 현재 속에 갑자기 출현하게 된 여러 과거들은 저마다의 빛깔을 간직하면서도 서로 어울려 독특한 시간의 모자이크를 펼쳐 낸다. 맑고 소금기가 있는 환상이 푸른 유방처럼 부풀어 오른다.

여기서 중요한 점은 이 시간이 순수하고 비구상적으로 경험된다는 점이다. 동시에 과거와 현재가 그 자체의 고유한 맛을 간직하면서도 서로를 간섭하는 가운데 새로운 쾌감, 또 하나의 낯선 인상을 만든다. 아니 도대체 까맣게 잊고 있었던 이 시간들은 대체 어디에 있다가 다시 나타난 것일까? 어떻게 포석은 이토록 장대한 시간의 동시성을 연출할 수 있는가? 마르셀이 죽음을 초월한 환희를 느꼈던 것은 일차적으로 물질적 대상들로부터 감각된 시간의 동시성 체험이었다.

시간은 무미건조한 '배경'이 아니다. 그것은 감각적 경험들로 가득 차 있다. "옛 과거에서 인간이 죽고 사물이 부서져 아무것도 남지 않게 되었을 때에도 냄새와 맛만은 홀로 보다 연약하게, 그만큼 보다 뿌리 깊게, 형태는 없어도 집요하고 충실하게, 오랫동안 변함없이 넋처럼 남아 있어, 추억의 거대한 건물을, 다른 온갖 것의 폐허 위에 환기하며, 기대하고, 희망하며, 거의 느껴지지 않는 냄새와 맛의 이슬 방울 위에 꿋꿋이 버티는 것이다."「스완네 집 쪽으로」, 88쪽 감각적 경험의 대상들은 맛, 음향, 분위기, 온도 등으로 가득 차 있는 항아리이다.

우리가 기억하는 방식을 생각해 보자. 우리는 경험을 우리의 의도에 맞추어 가공한다. 회상하는 지금 이 순간의 욕망이나 조건에 따라 과거의 체험들이 새로 정렬된다. 예를 들면 마르셀은 샤를뤼스 씨와 함께 산책했던 오데트가 매춘부라는 것을 알게 되면서 과거에 그와 함께 있었던 여인들도 다 매춘부라고 추정했다. 그런데 다음번에는 샤를뤼스 씨가 쥐피앙이라는 남자 재봉사에게 구애하는 것을 보고 그의 옛 여인들은 결국 동성애를 위장하기 위한 도구라고 해석할 수밖에 없었다. 이처럼 우리가 뭔가를 기억한다는 것은 과거를 떠올리는 지금 이 위치에서 과거의 경험을 재해석하는 일이다. 결국 모든 기억은 회상하는 지금의 실용적 관점에 맞추어 변용된다. 이 변용에 가장 결정적인 역할을 하는 것은 우리의 지성이다.

이와는 달리 마르셀에게 잃어버린 과거는 지성의 영역 밖에 있다. 어떤 물질적 대상 안에, 그 대상이 주는 감각 안에 숨어 있다가 갑작스럽게 펼쳐진다. 포석에 걸려 넘어진 후 마르셀은 감각인상과 시간의 동시성 관계를 깊이 생각해 보게 된다. 어째서 프티트 마들렌의 맛을 느꼈던 순간에 죽음에 대한 불안을 초월할 수 있었을까?

지성과 달리 감각은 과거를 가공하지 않는다. 지성은 과거를 분별해서 좋은 일, 나쁜 일로 재단하고 기억해야 할 만한 것과 그렇지 않은 것을 나눈다. 그렇지만 삶의 정수는 그런 판단을 초월한다. 지성과 달리 감각은 그 모든 지성의 활동을 뛰어넘는 생기와 접속한다. 감각인상은 사라진 줄 알았던 과거를 단번에 현존하게 한다. 과거의 느낌과 현재의 느낌 사이의 시차가 순식간에 사라지고, 그럼으로써 각기 다른 위상을 갖는 기억들이 오버랩된다. 이런 방식으로 감각은 각기 다른 위치에 있던 시간들을 공존하게 함으로써 시간의 동시성을 만들어 낸다.

마르셀이 캘트인의 신앙을 찬미하는 까닭이 여기에 있다. 캘트인의 신앙에 따르면 우리가 잃어버린 영혼은 동식물이나 무생물 안에 붙들려 있다. 하지만 우연히 그 정물을 스쳐 지나가게 되면, 그때 그 영혼은 저주를 풀고 기쁨에 넘쳐 우리와 함께 새로운 삶을 시작한다. 생각해 보자. 우리가 잃어버린 수많은 시간들이 지금 바로 내 곁에 있는 연필이나 컵, 지난 여름에 신던 샌들 안에 간직되어 있다면? 사실, 생각하고 말 것도 없다. 어느 여름 바닷가에서 놀다 주운 조개껍데기 하나, 가을 산책길에 발견하게 된 도토리 하나──우리는 그런 사물들에 이끌리고, 때로는 집으로까지 가지고 와서 오랫동안 보관한다. 조개껍데기와 도토리는 품고 있다. 어느 해 여름과 가을의 정수를, 또한 그때 내가 자연과 교감한 흔적을. 프루스트는 우리가 짐작할 수도 없는 낯설고 창의적인 생각을 발견하는 사람이 아니었다. 우리는 사물이 다차원적인 시간을 품은 존재라는 것을 이미 알고 있다.

마르셀 모스$^{Marcel Mauss}$라는 인류학자는 『증여론』$^{Essai sur le don}$이라는 책에서 태평양 섬들의 원시부족이나 북아메리카 서쪽 연안의 인디언 부족들에게서 발견되는 증여의 문제를 분석했다. 인류는 태곳적부터 서로서로 사물을 주고받아 왔는데, 그것은 서로의 필요를 충족시키기 위한 등가교환이 아니었다는 것이다. 호모 사피엔스는 물건 안에 증여자의 영혼이 들어 있다고 보았으며, 더 나아가 그 영혼은 자연이라고 하는 생멸의 차원에서 숨 쉬다가 잠깐 물건을 빌려 제 독특한 삶을 산다는 것이다. 대량생산되어 대형마트에 누워 있는 사물들에게도 영(靈)이 있을까? 태평양을 거슬러 오는 연어를 맞아들이던 틀링깃 족이나 하이다 족의 추장이라면 그렇다고 대답할 것이다. 어떤 대량생산도 최초의 가공은 자연을 통해서밖에 가능하지 않기 때문이다. 대지의 영은 자연의 숨을 받아 시간을 초월해 산다. 사물은 이 영을 품고 있다.

프루스트는 물론 인류학에는 관심이 없었다. 하지만 그의 베르뒤랭 부인이 잘 보여 주듯이 상품들이 위세등등하게 활개를 치기 시작하던 때, 이 물질문명 최고의 기수였던 파리를 매일같이 산책하던 사람이었다. 그는 세련되고 비싼 상품들이 전시되어 있던 샹젤리제를 거닐면서 감각인상으로 충만한 사물 각각이 고유하게 품고 있는 시간성을 생각했다.

잃어버린 시간을 찾아서, 되찾은 시간 그리고 작가의 길

프루스트는 마르셀을 통해 이렇게 바로 가까이에서 숨죽이며 누워 있는 시간의 존재를 깨닫는 것만으로도 자신의 일회적 삶을 포함한 훨씬 더 광대한 차원의 시간을 경험할 수 있음을 보여 주려 했다. 과거는 사라지지 않고 회귀한다. 매번 다른 방식으로, 다른 기억들과 더불어, 생생하게.

4. 연속성을 깨는 차이의 시간, 잠

단선적 시간관을 깨뜨리는 두번째 체험은 무엇인가? 『잃어버린 시간을 찾아서』의 맨 처음은 그런 시간 체험으로 시작된다. 그것은 바로 잠이다. 그것도 깊은 잠이 아니라 잠이 들락말락 깰락말락하는 그런 순간의 잠! (동시대 체코 프라하에서 카프카도 이런 잠에 빠져 있었다.) 누구나가 체험하듯 이런 어렴풋한 잠에서 깼을 때 우리는 저녁을 아침으로 착각하기도 하고 일요일과 월요일을 구분하지 못하기도 한다. 갑자기 침대 위에서 벌떡 일어나 지금이 결혼하기 전인지 아닌지 헷갈리게 되고 마루에 있는 자식조차 아득하게 낯설어진다. 자기가 누군지도 모르겠고, 자신을 둘러싼 모든 것에 당황하게 된다. 이 모든 일은 다음의 사실을 말해준다. 시간의 연속성이 깨어졌다는 것, 그리고 우리가 순간이나마 완전히 다른 삶을 살았다는 것. 우리는 이 어렴풋한 잠의 세계를 통해 습관으로 촘촘히 짜인 현재의 균열을 체험하게 된다.

19세기 이후, 시간을 24시간 체계 속에서 정량적으로 분절

하는 시계의 사용이 일반화되고 전지구적 규모로 시간을 일률적으로 맞추게 되면서 많은 변화가 일어났다. 특히 사진기, 축음기, 영사기 등 시간을 특정한 물질 형태 속에 보존할 수 있는 기술이 발달하면서 과거를 하나의 객관적 실체로 대상화할 수 있게 되었는데, 이렇게 되자 과거-현재-미래는 인과적으로 구성되기 시작한다. 이제 인생에는 오직 내 과거가 결정하는 단 하나의 현재, 바로 그 현재가 만드는 단 하나의 미래만이 가능하게 된 것이다. 그래서 사람들은 인생을 다음과 같은 방식으로 설계하게 된다. 현재를 어떤 미래를 위한 준비기간으로 만들자! 나중에 가서 과거를 후회하지 않도록 철저하게 목적을 갖고 현재를 꾸려 나가야 한다! 고등학생 시절은 대학생활을 위한 예비 시간이 되고, 대학 시절은 취업이나 결혼을 위한 준비 기간이 된다. 혹시 있을지 모르는 사건사고를 대비하기 위해 보험을 들어야 하고, 서른이 넘으면 일찌감치 노후를 대비한 적금을 들어야만 한다. 프루스트는 이런 목적론적이고 준비론적인 시간관에 갇혀 늙어 가는 삶이야말로 허무하다고 생각했다.

마르셀에게 잠이란 시간의 연속성을 깨고 갑자기 침입한 또 다른 삶이었다. 앞에서 인용했던 『잃어버린 시간을 찾아서』의 서두를 다시 한 번 환기하자. 프랑수아 1세와 카를 5세의 삶, 윤회전생 중인 삶, 서적 속의 삶. 유용성의 맥락이 사라지고 지성이 휴식을 취하는 이 시간에 이 모든 것이 뒤섞여 거대한 흐름으로 소용돌이친다. 자다 깬 자의 정신없는 넋두리 같기도 하지만, 정작 프루스트가 보여 주려고 한 것은 우리가 놓치며 사는 다른 삶의 현존이었다. 사실 이것이야말로 프루스트가 『잃어버린 시간을 찾아서』를 쓸 수 있도록 추동한 원동력이었다. 잠은 우리가 자기만의 과거에 갇혀서 사는 존재만은 아니라는 점을, 그리고 깨어 있는 의식의 시간이 전부가 아니라는 점을 분명하게 알려 준다. 우리가 경험을 넘어갈 수는 없는 것일까? 고대의 삶, 이국의 삶, 타인의 삶을 지금 이 순간에 생생히 느끼면서 살 수는 없을까? 잠은 분명 어떤 계시다. 잠은 나라는 존재가 현재를 넘어 훨씬 더 광대무변한 시간 속을 주파할 수 있는 존재라는 것을 알려 준다.

콩브레에서 마르셀은 늘 고민하곤 했다. 스완네 집 쪽으로 갈 것이냐, 게르망트 쪽으로 갈 것이냐. 그의 산책은 늘 두 길 중의 하나를 선택해야 하는 괴로움, 아쉬움을 동반했다. 하지만 오랜 시간이 지나고 나서 마르셀은 전혀 달라 보였던 두 길이 실은 이어져 있었다는 것을 알게 된다(「되찾은 시간」). 두 개의 갈림길은 끊임없이 자신의 가지를 뻗어 나갔으며, 가던 길은 중단되었고 없던 길은 이어졌으며 한때 포기했던 길들도 서로 만나고 있었다. 스완네 집 쪽 사람들인 오데트와 질베르, 게르망트 쪽의 사람들인 생 루와 샤를뤼스 씨 역시 여러 차례 서로 결합하고 헤어지는 와중에 신분을 바꾸기도 했고, 혈통이 뒤섞인 아이를 낳기도 했다. 다만 마르셀이 길을 걸었던 그 순간에 이 모든 길들의 간섭과 이어짐을 볼 수 없었을 뿐이다.

우리는 현재 수많은 선택을 하면서 산다. 지금 이 순간에 결정한 것이 인과를 만들면서 미래를 만들 것이라고 믿고, 포기된 것에 대해서는 어쩔 수 없는 미련과 후회를 갖는다. 하지만 우리가 택하지 않은 길은 우리의 삶에 아무런 영향을 미치지 않는 것일까? 그것은 그냥 사라져버리고 마는 것일까? 프루스트는 시간을 '흘러가버린다'고 하지 않고 '잃어버린다'고 말한다. 허무하게 흘러가버리는 것 같지만, 실은 어딘가에 숨겨져 있고 심지어는 되찾을 수도 있다는 얘기다. 그렇다면 잃어버린 시간은 어디에 있는가? 프루스트는 묻는다. 인생이란 수많은 결정적 선택들이 인과의 사슬을 만들고 있는 단선적 연속처럼 보이지만 만약 우리가 생을 저 높은 곳 혹은 저 먼 곳에서 바라본다면 어떨까? 우리가 잃어버리면서 살아왔다고 생각한 수많은 길들이 지금 이 길과 복잡하게 연결되어 있음을 알게 될 것이다. 잃어버린 시간을 되찾는다는 것은 지나쳐버렸던 길, 그 시간을 회고하고 그리워한다는 뜻이 아니다. 우리가 경험하는 것은 오로지 현재의 이 길, 이 시간이지만 잃어버렸다고 여겼던 수많은 삶의 가능성들이 그 현재 속에서 작용하고 있음을 깨닫는 것. 그것이 바로 시간을 '되찾는' 과정임을 뜻한다. 이와 같은 시간의 본질을 통찰할 때 비로소 우리는 현재를 보다 풍요롭게 만끽할 수 있으리라.

잃어버린 시간을 찾아서, 되찾은 시간 그리고 작가의 길

상실의 시대 벨 에포크
―속물들의 유토피아

1. 벨 에포크와 속물들의 시대

프루스트가 살았던 시대(1871~1922), 그리고 『잃어버린 시간을 찾아서』의 배경(1872~1917; 이야기가 진술되는 시점에서 1차 세계 대전이 진행 중이다)이 되는 것은 프랑스의 '벨 에포크'Bell Epoch다. 벨 에포크란 프랑스사에서 대략 19세기 말에서부터 20세기 초까지를 통칭하는 말로, 말 그대로 좋고 빛나는 시대, 가장 풍요롭고 아름다운 시기를 뜻한다.

프루스트는 프랑스 문화의 황금기였던 이 시절을 덧없다고 느꼈으며 시간을 잃어버리며 산다고 생각하면서도 작품 속에서 지나치다 싶을 정도로 상세하고 많은 분량으로 이 시절의 풍속과 인간 군상들의 면면을 펼쳐 보였다. 프루스트는 벨 에포크라는 시대로부터 무엇을 되찾으려고 했던 것일까?

벨 에포크의 문화를 형성한 주역은 몇몇 특정한 인물이 아니라 개선문을 중심으로 파리를 정방향으로 구획하고 있는 불르바르boulevard, 즉 대로(大路)였다. 말끔하게 닦인 대로 위로 마차와 사람들이 오간다. 그리고 불르바르와 함께 연출되는 도시의 일상 속에서 사람들의 시선은 정처 없이 부유한다.

불르바르의 탄생은 이렇다. 벨 에포크의 황제 나폴레옹 3세는 1853년 파리 시 지사로 오스망Georges-Eugène Haussmann; 1809~1891 남작을 임명했다. 그는 1852년 나폴레옹이 보르도에 입성할 때 군주를 축하하는 스펙터클을 연출한 경력이 있었다. 스펙터클 연출의 달인인 오스망은 꼬불꼬불 이어지고 붙어 있던 옛 도시의 낡은 거리와 집들을 개선문을 중심으로 새롭게 구축함으로써 근대적 도시 풍경을 탄생시켰다. 구불구불 이어지던 비좁은 거리, 말들과 마차들이 뒤엉키며 혼잡했던 수도의 풍경이 사라지고 그 자리를 채운 것은 센 강과 선창의 밝고 넓은 열린 공간, 그리고 불르바르였다. 대로 위에는 북적대는 수레와 새로운 마차와 자동차 등 탈것들이 종횡무진 행렬을 이루어 움직이기 시작했고, 그 주변으로 백화점과 카페가 우후죽순으로 들어섰다. 대로는 백화점 진열대처럼 수많은 사람들, 각종 생활 장식품과 최신 유행품들을 시시각각으로 전시했다.

뿐만 아니라, 대로 덕분에 불로뉴 숲이나 몽소 공원, 탕플 광장 등 옛 거리 속에 은밀하게 숨어 있던 도심 속 여유 공간도 드나들기 쉬운 공공장소로 바뀌었고 도시인들은 광고판을 따라 캬바레, 서커스, 음악회당, 대중 오페라장을 전전했다. 1889년 파리 만국박람회를 기념하는 에펠탑이 세워지기까지 파리는 최신 유행으로 넘쳐났으며 이 유행품의 파노라마는 세기말과 세기 초 유럽의 경제적 번영과 문화적 변화를 고스란히 보여 주었다.

거리로 쏟아져 나온 것은 각종 신제품뿐이 아니었다. 화려한 유행으로 몸을 휘감은 파리지앵들이 거리 곳곳을 누비고 다니기 시작했다. '불르바르 라이프'의 핵심은 유행으로 몸을 감싸고 스스로를 과시하면서 타인을 관조하는 '산책자 생활'이었다. 세탁부나 재봉사와 같은 하층민부터 대귀족에 이르기까지 거리를 산책하는 것은 당시 파리지앵의 중요한 일상 중 하나였다. '누가 잘 입나? 나는 또 뭘 걸치나?' 그들에게 일상은 스펙터클이었고 자신 또한 상품처럼 전시되고 있다는 것을 의식했다. 이처럼 상품과 인간의 스펙터클이 연출되는 불르바르, 그 대로가 종횡으로 뻗어 있는 도시, 거기에 바로 '벨 에포크'가 있었다. 만약 아름다운(벨belle) 시절(에포크époque)을 이렇게 화려한 상품들의 전시장으로 정의한다면, 오늘날 전 세계 대도시 곳곳에서 이런 풍경을 확인하는 것은 어렵지 않다.

그런데 프루스트는 조금 관점을 달리해서 이 '아름다운 시대'의 이면을 목도한다. 그것은 파리지앵들의 공허한 내면이다. 산책자들은 대도시의 거리를 관조했다. 그들의 눈빛과 몸짓은 새것에 대한 막연한 호기심과 함께 변화하는 삶에 대한 방관자적 태도를 보여 준다. 기차와 전신 같은 기술문명의 발달과 함께 파리는 분명 볼거리로 가득 찬 산책자들의 천국이 되었다. 하지만 천국의 시민들은 혁신이 두려운 듯 외투깃을 높이 세우며 거리를 어슬렁거리기만 했을 뿐이다. 1840년대까지만 해도 혁명가의 가슴을 뛰게 만들었던 이 도시는 이제 방관자들의 낙원으로 바뀌고 말았다.

그렇다면 아름다운 파리 시절을 마르셀은 어떻게 느꼈을까? 그는 스펙터클의 도시에서 가장 '핫'한 장소만을 드나들었다. 유명한 사교계의 명사들만이 드나드는 고급 클럽, 무도장, 오페라장에서 늦은 밤 친구들로 둘러싸인 그를 만나는 것은 어려운 일이 아니었다. 그러나 마르셀이 이 화려한 삶, 관조자의 낙원 한 가운데에서 경험한 것은 환멸이었다.

프루스트는 마르셀의 환멸을 당대 최고의 매춘부 오데트의 산책을 통해 그린다. 소년 마르셀이 프랑수아즈의 손을 이끌고 부아 드 불로뉴 숲으로 산책을 나온다. 늘 같은 시간에 이 숲을 산책하는 한 여인을 보기 위해서다. 그녀는 모직 폴로네즈를 입고 메꿩 깃 하나가 달린 챙 없는 부인용 모자를 머리에 얹고서 천천히 숲 안에 나타난다. 숲 여기저기서 그녀를 보기 위해 신사들과 부인들이 걸음을 멈췄고, 그 중의 몇몇은 모자를 벗고 가볍게 목례를 건넨다. 이 여인을 보기 위해서 길을 나선 사람은 마르셀

뿐만이 아니었던 것이다. 더할 나위 없이 상냥한 그녀의 미소가 한낮의 햇살처럼 공원에 퍼진다. 귀부인의 일상적 귀가 풍경이다. 그리고 이는 사실, 보고 보이기 위한 산책이었다. 이 부인은 같은 시간 같은 장소에서 최신유행품과 명사들에 둘러싸인다. 그녀는 자신이 미처 몰랐던 또 다른 유행품을 살피고 여전히 자신이 건재함을 과시하려고 하며, 사람들이 자신을 보기 위해 거리로 나섰다는 것을 누구보다도 잘 알고 있다. 산책자들 역시 마찬가지다. 일차적으로는 그녀를 보면서 '셀럽'의 라이프 스타일을 체크하고, 이차적으로는 또 다른 산책자들에게 자신의 센스가 그리 뒤처지지 않음을 적당히 과시해야 한다.

마르셀과 불로뉴 숲 산책자들이 그토록 선망하던 그녀, 바로 매춘부 오데트 드 크레시다. 지금 그녀는 완벽하게 자신의 신분을 세탁했다. 최고의 부르주아이자 사교클럽의 핵심 멤버인, 영국 웨일스 왕자와도 친분이 있는 스완의 아내. 마르셀과 산책자들은 그녀의 화려함에 매혹되었고, 그녀의 욕망을 욕망했다. 스펙터클의 시대를 관통한 것은 바로 이 욕망이었다.

오데트는 늘 시간을 정해 두고 불로뉴 숲을 산책했다. 한때 왕가의 사냥터였던 이곳을 이제 오데트 같은 여인들이 걷는 것이다. 그녀는 마치 마부에서부터 대부르주아 스완에 이르기까지 세상 온갖 남자들이 자신을 욕망했다는 것을 자랑하듯 자신의 모든 것을 전시한다. 이런 오데트의 태도는 무엇을 말하는가? 마부나 스완이 사실 별 차이가 없다는 것, 누구나 할 수만 있다면 돈만 있다면 그녀를 차지할 수 있다는 것. 이 화려한 파리의 거리를 수놓았던 갖가지 상품들, 그 핵심은 사람이었고, 화려한 유행으로 온몸을 감싼 여인이야말로 재력가와 명망가에게는 얼마든지 돈과 교환할 수 있는 과시적 사치품이었다. 충분히 짐작하겠지만 스완은 오데트의 첫남자도 마지막 남자도 아니다. 그녀는 스완을 통해 부르주아라는 신분을 획득하고, 스완이 죽자마자 포르슈빌 남작과 재혼함으로써 일약 귀족으로 신분을 높인다.

거리의 파리지앵들은 오데트가 애인들을 바꾸어 가면서 신분을 높였다는 사실을 잘 알고 뒷담화를 했지만, 그녀에 대한 부러움을 감추지 못했다. 한낱 창부에 불과했던 여인이 고급 마차를 타고 불로뉴 숲을 산책한다는 것은 경멸해야 할 일이 아니라 본받아야 할 사항이었던 것이다. '나도 오데트처럼 성공하고 싶다!' '할 수만 있다면 매춘을 해서라도 신분을 높이고 싶다!' 불로뉴 숲 곳곳에서는 이런 감탄 섞인 질투와 선망의 외침이 터져나왔다. 그런데 다시 한 번 말하지만 이들은 산책자였을 뿐이다. 그저 언젠가는 오데트처럼 될 거라는 기대 속에서 이들은 하릴없이 도심 속을 배회하는 사람들, 산책자. 그들의 또 다른 이름은 '속물'이었다.

2. 우울한 부르주아로 살 것인가, 고독한 작가가 될 것인가?

"이것이 인생의 십자로야. 젊은이, 선택을 해야 해. 자네는 이미 선택한 것이나 다름없어. 자네는 보세앙의 집에서 사치의 냄새를 이미 맡았잖나. 고리오 영감의 딸 레스토 부인의 집에서는 파리 여인의 냄새를 맡았어. 그날 자네는 내가 알아볼 수 있는 단어 하나를 이마에 적어서 돌아왔다네. 그 단어란 바로 '출세'지! 반드시 출세해야만 한다는 뜻이었네." 오노레 드 발자크, 『고리오 영감』, 박영근 옮김, 민음사, 1999, 147쪽

벨 에포크의 파리지앵들이 가장 좋아한 문학 장르는 입신출세담이었다. 발자크의 『고리오 영감』에 나오는 라스티냐크처럼 가난한 시골 출신의 똑똑한 청년이 꿈을 찾아 상경해서 갖가지 간난신고를 겪은 끝에 명성을 얻고 도시의 주인으로 우뚝 서는 이야기들 말이다. 프랑스 전역의 수많은 청춘남녀들은 도심 외곽의 공동묘지에서 불야성처럼 환한 시내를 노려보며 "파리여, 이제

부터 나와 나의 대결이다!"라고 선포하는 라스티냐크 식의 욕망을 키워 나갔다. 그들은 라스티냐크처럼 파리로 향하는 기차에 올랐고, 고급 살롱을 군림하는 자신의 미래를 상상하곤 했다. 파리와 나의 대결, 사회와 개인의 투쟁! 이것이 1789년 프랑스 혁명이 선물한 만민평등 사회의 드라마였다. 이 투쟁의 성패에 따라 입신하느냐 퇴락하느냐가 결정되었고 인생에 대한 평가도 나뉘었다. 그러나 안타깝게도 서사의 승자는 늘 파리이고 사회였다. 파리는 자신의 주인을 끊임없이 바꾸면서 위세 등등하게 명성을 높여갔다. 누구도 파리를 영원히 정복할 수는 없었다.

바로 이런 시절에 마르셀은 돌연 과거로 떠나는 여행을 감행한다. 마르셀은 사회와 개인의 투쟁에는 전혀 관심이 없으며, 자신의 과거를 극복하거나 뛰어넘어야 할 어떤 단계라고 보지도 않는다. 또 라스티냐크의 모험이 파리 정복으로 끝나는 것과 달리 그의 시간 여행은 무한한 궤도를 그리면서 계속된다. 어째서 마르셀은 이런 모험을 감행한단 말인가?

마르셀은 부르주아 출신이다. 부르주아란, 스펙터클의 도시, 근대 문화의 박람회장이었던 19세기 파리의 실세다. 원래 부르주아라는 말은 귀족이나 하층민이 아닌 사람들, 다시 말해 세습된 직위도 없을 뿐만 아니라 누구에게 예속되지도 않은 사회의 중간계급을 뜻했다. 그러나 1789년 프랑스 혁명 이후에 이들은 신흥 산업자본가로 거듭났고 귀족들의 전통을 자기 식으로 흡수하고 새로운 문화적 취향을 가미해 그들만의 고유한 생활양식을 구축했다. 이들은 가문의 유산에 기대지 않고 자신의 재능을 통해 부와 권력을 축적함으로써 사회의 핵심적 위치를 차지했다. 그런데 부르주아 식 출세주의가 만연해 가던 벨 에포크에는 이런 출세지향적 재능이 매춘이어도 상관없었다. 무슨 수를 써서라도 높이 더 높이! 여기에는 그 어떤 의심이나 회의도 있어선 안 된다.

마르셀의 부모는 변변치 못한 재산을 가진 부르주아였지만 그의 부친이 이제 막 외교관으로 이름을 날리기 시작한 터라 사교계에서 서서히 이들 가족을 알아보기 시작했다. 게다가 마르셀은 친척 아주머니로부터 막대한 유산을 상속받았다. 조금 더 높은 지위의 명성을 얻기만 한다면 상류사회에서 확실하게 자리매김할 수 있을 것이다. 그런데 마르셀은 돌연 작가가 되기로 결심한다. 그리고 그때부터 내내 방안에 틀어박혀 회상과 글쓰기에만 달려든다. 회상? 되돌아본다고? 모두가 앞으로 내달리던 시대에 마르셀은 혼자 뒤로 되돌아간다. 왜인가?

이것은 「스완네 집 쪽으로」의 도입부 마들렌 과자 사건에서 충분히 설명된다. 이 회상의 긴 여행이 시작된 것은 홍차에 적신 과자 한 입이 준 어렴풋하고 아련하지만 확실하고 힘찬 기쁨 때문이었다. 마르셀은 추위에 몸을 떨면서 집으로 들어왔고 '우중충한 오늘' 하루와 '음산한 내일'의 반복에 지칠 대로 지쳐 있었다. 그런 그에게 충만한 행복을 선사한 것, 고작 마들렌과 한 모금의 차였다. 이 한 모금의 어마무시한 기쁨은 장년의 마르셀이 삶의 다른 영역에서는 어떠한 만족도 느끼지 못하고 살아왔음을 역으로 말해 준다.

벨 에포크의 부르주아들은 막대한 명품 소비를 통해 자신의 부와 지위를 입증해야 했다. 나의 개성과 가치는 내가 두른 옷과 가방, 타고 다니는 차와 살고 있는 집이 결정한다. 그러나 명품에 둘러싸여 남들이 우러러 보는 지위를 동경하는 출세지향의 삶이란 결국 끊임없이 타인의 욕망을 내 것으로 삼는 삶에 지나지 않는다. 그러나 타인의 시선으로 자기 내면을 채울 수는 없으며 기성품으로 자신의 개성을 표현할 수도 없다. 그래서 부르주아들은 우울했다. 물건을 소비하는 것으로 자신의 존재감을 확인하다 보니 공허해졌고 늪과 같은 권태에 빠져 들어갔다. 마르셀 역시 그런 부르주아적 삶 속에서 우울을 경험했고 과거를 반복하는 현재 속에서 지칠 대로 지쳐 있었던 것이다. 현대를 사는 우리들은 충분히 이 권태를 이해할 수 있다.

스완 같은 대부르주아 역시 우울을 피할 수 없었다. 스완은 아버지가 유태인 증권업으로 그러모은 부를 오직 자신의 교양을 다지는 데 바쳤는데, 그의 사치품은 보티첼리의 그림이나 모차르트의 악보와 같은 고가의 예술 작품이어서 웬만한 부르주아들은 쉽사리 흉내낼 수조차 없었다. 물론 스완도 어렴풋이 느끼고 있었다. 보티첼리도 모차르트도 자신을 구제할 수 없다는 것을. 그래서 그는 예술품 대신에 쉽게 접할 수 없는 여자들을 찾아다니기 시작했다. 하녀, 그리고 거리의 여자. 스완이 오데트라는 매춘부에게 빠져들게 된 것은 그녀가 마치 '신상품'처럼 보였기 때문이었다. 스완은 자신의 우울을 끝없는 소비로 대체하면서 하루하루 연명했다. 돈은 많았고 거리에는 명화나 오페라 감상, 매춘부와의 밀회 등 누릴 수 있는 쾌락이 날마다 쏟아져 나오고 있었으니까.

마르셀은 사물의 본질에 계속 무관심하게 있을 수 있는 하찮은 사상 속으로 몸을 피하곤 하는 스완 식 우울퇴치법에 만족할 수 없었다. 그는 출구 없이 꽉 막힌 우울의 세계가 견딜 수 없을 정도로 자신을 얼어붙게 한다는 것을 의식했고, 매 순간 속물적 삶이 주는 환멸감에 지쳐 가고 있었다. 그는 벨 에포크에 질식당해 죽기 직전이었을 것이다. 그랬기 때문에 비교할 수 없이 독특한 행복감을 느끼자마자 그 기쁨의 끈을 안간힘을 다해 붙잡게 된 것이다. 마들렌 과자 한 입을 맛보게 된 것은 분명 우연이었다. 그러나 그 우연을 그토록 강하게 움켜 쥘 수 있었던 것은 그가 부르주아적 삶의 허위를 더할 나위 없이 무겁게 받아들이고 있었음을 말해 준다. 그런 의미에서 작가가 되겠다는 돌연한 결심은 필연이었다. 우울이냐 고독이냐? 이것은 공허한 삶을 살 것인가, 충만한 삶을 살 것인가에 대한 결단이었다.

마르셀은 몇 번이고 처음 마들렌 과자를 입에 대던 순간을 다시 떠올려보고, 온갖 잡념을 떨쳐버리려 애쓴 끝에 마침내 뭔가가 천천히 올라오는 소리를 들을 수 있었다. 그것은 바로 자기 인생이 품고 있는 어떤 진실이었다. 그러나 그것을 더 구체적으로 파악하기 위해서는 고도의 집중력과 직관, 그리고 여기에 더해 열 번도 넘게 자기 정신을 향한 자맥질을 반복할 수 있는 배짱과 근력이 필요했다.

자기 자신을 탐구하기 위해 마르셀은 자신이 허무하다고 생각한 그 삶 속으로 되돌아가야 했다. 지독했던 우울과 권태 속에서 자기 인생을 다시 읽어 나가야만 했다. 시대의 허위인 동시에 자신의 허영을 대면해야 하고 인정하고 싶지 않은 비겁한 욕망마저 꿰뚫어 보아야만 한다. 이제부터 맛보게 될 것은 답답함, 한심함, 수치스러움이 될지도 모른다. 이 회상 작업은 분명 매 순간 마음의 동요를 견뎌야 하는 고독하고 고통스러운 여로일 수밖에 없을 것이다. 그러나 허무함 속에서 늙어 가기보다는 차라리 인생이 이토록 허무한 까닭을 파헤쳐 보는 것이 더 낫다. 마르셀은 더 이상 망설이지 않았다. 그는 마들렌이 선사한 기쁨 속에 진정한 자기구원이 있다고 생각했다. 비록 그 길이 고독한 고투의 과정일지라도.

유복한 부르주아였던 프루스트 역시 생의 전반기는 남부러울 것 없는 부르주아의 그것이었다. 그러나 본격적으로 작가의 길을 걷기 시작하면서부터는 재산 증식이나 지위 상승을 위한 어떤 노력도 하지 않고 오로지 집필에만 전념했다. 고가의 서적이나 미술품을 그러모으는 취미, 부르주아 식 상품 여행, 교양의 전시장에 불과한 박물관 등을 혐오했으며 오직 자신을 둘러싼 '벨 에포크' 자체를 하나의 텍스트 삼아 열심히 읽으면서 글을 써 나갔다. 덕분에 그는 점점 더 가난해졌고 마지막에는 엄청나게 쌓여 있는 교정 원고들 속에서 생을 마감했다. 최후의 순간까지 그의 곁을 지켜 준 것은 펜 하나였을 뿐이다. 벨 에포크의 잃어버린 시간은 바로 그의 펜으로부터 화려하게 되살아났다.

프루스트에 따르면 자기 삶의 모범을 거리의 상품들, 대중의 상식에 맞추며 살다가 결국 도착할 곳이란 뻔하다. 우울과 권태다. 우리가 충만하게 살기 위해서 필요한 것은 타인의 시선, 모두가 갖고 싶어하는 상품을 두르는 것이 아니다. 여기서 프루스트는 길이 하나밖에 없다고 보았다.

우선 우리는 자기의 권태로운 삶을 가득 채우는 사물들과 사람들을 하나하나 관찰해야 한다. 그러다 보면 알게 된다. 비싸 건 싸건 물건 하나하나에는 그것이 내 품에 들어오기까지 통과 한 온갖 시간들이 있고, 그저 속물적으로만 보이는 사람들도 모 두 저마다의 고민과 선택 속에서 여기까지 왔다는 것을. 그 면면 을 관찰하면 관찰할수록 그저 우울하다고 치부할 수만은 없는 무수한 삶의 결들이 드러난다.

그의 시대로부터도 백 년이 더 지났다. 지금 여기는 21세기. 그저 돈이면 다 될 것 같은 고도 자본주의 사회다. 모두 알아주는 메이커만 입고 쓰는 것 같지만 그 속을 들여다보면 꼭 그렇지가 않다. 1인 방송이나 유튜브 채널을 개인적으로 열거나 자신의 이 야기를 글로 써서 나누고 싶은 욕망은 오히려 벨 에포크 때보다 더 열광적으로 타오르는 것 같다.

한국에서 태어나 그저 공교육을 받고, 어찌어찌 평범한 직 업을 얻고 가족을 꾸려 생활하고 있는 것 같아도 살아온 삶의 순 간순간은 그 권태와 우울의 그물로는 도저히 건져올릴 수가 없 는 것이다. 프루스트는 부, 사회적 지위, 어떤 명예의 추상적인 기준으로 자기 삶을 비추어볼 때에만 권태롭다고 강조한다. 어 떤 일상도, 어떤 상식도, 내가 구체적으로 어떻게 겪고 있는가를 파고들어 가 보면 정말 몇날 며칠을 이야기해도 끝나지 않을 고유한 주제들이 나오지 않는가. 정말이지 길은 하나다. 그것은 내 과거를 되돌아 묻고 또 물으면서, 이 삶을 통해 무엇을 배우고 갈 것인가? 하는 화두를 갖는 것이다.

잃어버린 시간을 찾아서, 되찾은 시간 그리고 작가의 길

3. 부르주아 살롱의 장식품: 럭셔리 소파, 전위예술가, 좌파지식인

『잃어버린 시간을 찾아서』의 핵심 인물들은 시대의 최상류층들이다. 프루스트는 이들의 활동 무대인 살롱을 중심으로 벨 에포크를 그려 냈다. 작품 속에는 급부상하는 부르주아의 살롱에서부터 프랑스 최고 가문의 살롱에 이르기까지 최고급 사교계 문화의 여러 결들이 지루하리만치 장황하게 펼쳐진다. 살롱이란 무엇인가? 요즘 말로 번역하자면 고급 사교클럽쯤 된다. 원래 서양 상류층의 응접실을 지칭하던 것이 그 응접실 안에서 일어나는 사교문화 전체를 지칭하게 되었다. 프랑스 살롱은 이탈리아 르네상스 문물이 유입되면서부터 시작된 것으로, 새로운 문물을 수입하고 프랑스 식으로 수용하는 장소였고, 때문에 막대한 권력과 부를 가진 귀족가문의 전유물이었다. 하지만 혁명 이후에 금융자본으로 성장한 재력가들, 신흥 기술 산업을 통해 지위가 격상된 산업 자본가들은 막대한 돈으로 자신들만의 살롱을 꾸며 나갔다.

전통적으로 살롱문화의 핵심은 새로운 지식을 논평하고 토론하는 것이었다. 아이러니하게도, 프랑스 혁명의 기운을 고조시킨 것은 대귀족의 살롱이었다. 혁명 이후 사람을 초대하고 차와 과자, 각종 음식을 나누는 방법까지 격식화시켰던 살롱의 에티켓은 중요한 사교관례로 자리잡게 되는데, 이 사교문법을 관장한 것은 살롱의 안주인들이었고 그녀들의 막강한 영향 아래 명사들이 누군가의 재능을 시험하고 관리하는 것도 하나의 문화가 되었다. 때문에 살롱의 인사들은 음악을 듣고 예술품을 감상하는 사적 취미 생활을 나누는 한편, 인맥을 통해 외교관의 부임지를 바꾸고 젊은 군인의 계급을 올려주는 등 정치적으로도 큰 영향력을 행사했으며, 유수의 살롱들은 신진 예술가를 발굴하고 새로운 문학 사조를 탄생시켰다.

이런 전반적인 살롱문화 때문에 혁명 이후에 살롱은 명망을 얻고자 하는 출세지향자들이 반드시 거쳐야 하는 입신출세의 무대가 되었다. 『고리오 영감』의 라스티냐크가 파리에서 가장 먼저 시도한 것도 누이의 저금통을 털어 마련한 최신 연미복을 입고 사교계에 연줄을 대기 위해 발버둥을 친 일이었다. 라스티냐크에게는 좀더 낮은 살롱에서 좀더 높은 살롱으로 나아가는 것, 그것이 바로 '출세'였다.

우리의 마르셀도 마찬가지였다. 그는 스스로 문학적 재능이

잃어버린 시간을 찾아서, 되찾은 시간 그리고 작가의 길

없다고 판단하고, 차라리 유명한 예술가들과 명사들 속에서 예술을 향유하면서 사는 삶을 동경했다. 그가 스완이나 게르망트 공작 부인에게 강하게 매료되었던 것도 이 때문이다. 그는 콩브레 시절 이웃이던 스완 덕분에 스완 부인, 즉 오데트의 부르주아 살롱을 드나들기 시작하다가(「스완네 집 쪽으로」 제3부, 「꽃핀 소녀들의 그늘에서」) 점차로 게르망트 가문의 여러 살롱들, 예를 들면 빌파리지 후작 부인(「게르망트 쪽」), 마르상트 후작 부인(「게르망트 쪽」), 그리고 마침내는 그토록 동경하던 게르망트 공작 부인의 살롱(「소돔과 고모라」)으로 나아가는 모범적인 성공 수순을 밟는다. 하지만 그 어떤 살롱도 그를 만족시킬 수 없었고 살롱의 급이 높아질 때마다 환멸감은 더해 갔다. 마르셀의 '찾기'는 이 환멸의 근원을 직시하고 그것을 뚫고 나가려는 시도였다.

『잃어버린 시간을 찾아서』 안에는 정말 계층별로, 시기별로, 안주인별로 다양한 살롱이 나오지만 그 중에서도 벨 에포크-살롱의 본질을 가장 잘 보여 주는 것은 베르뒤랭 부인의 살롱이다. 베르뒤랭의 살롱에 들어서는 자는 누구라도 감탄할 수밖에 없다. 이곳에는 갖가지 명품들, 아무나 쉽게 접할 수 없는 '잇 아이템들'이 거실과 복도에 차고 넘치기 때문이다. 마담 베르뒤랭은 누구인가? 지방 부르주아 출신인 그녀는 파리의 신흥 부촌에 자신의 둥지를 틀고 좀 쓸 만한 인재들을 끌어 모으는 것을 주된 사업으로 삼았다. 그녀는 클래식한 것은 구닥다리라고 멸시했고 좀 특이한 음악과 문학을 수집하는 데 혈안이 되어 있었다. 그녀의 살롱에는 유명하지는 않지만 재기발랄한 젊은이들, 막 입지를 다지기 시작한 의사나 하류 귀족들이 드나들었고, 새로운 것을 향한 이 부인의 강박증 덕분에 부인은 이들 속에서 기존의 귀족문화가 전혀 감지할 수 없었던 독창적인 예술가들와 지식인들을 발굴할 수 있었다. 스완도 그랬지만 마담 베르뒤랭에게는 새로운 주제와 스타일을 선보이는 예술 작품과 예술가, 서적과 사상가야말로 시시껄렁한 하류 부르주아들이 감히 넘볼 수 없었던 사치품이자 대귀족들조차 따라잡을 수 없는 '최신상'이었다.

이들 중에서 벨 에포크를 상징하는 최고의 예술가들이 배출되는데, 그들이 바로 음악가 뱅퇴유, 화가 엘스티르, 소설가 베르고트다. 살롱에서 때로는 천덕꾸러기로, 때로는 어리석은 아첨꾼으로 베르뒤랭 부인에게 잘 보이기 위해 애쓰던 이들. 엘스티르는 얼마나 자주 베르뒤랭 부인에게 아첨했던가? "안 그렇습니까? 안 그렇습니까?" 나중에는 회화의 혁신자로 평가받게 되지만, 초창기 시절 그도 부르주아 살롱을 드나드는 출세주의자에지나지 않았다. 그럴 수밖에 없던 것이 마담 베르뒤랭은 엘스티르의 그림을 자신의 살롱에서 전시할 수 있게 도왔고 별다른 수입이 없던 그에게 후원을 아끼지 않았기 때문이다. 실제로 19세

잃어버린 시간을 찾아서, 되찾은 시간 그리고 작가의 길

기를 선도했던 뛰어난 화가와 음악가, 작가들의 다수가 바로 이런 부르주아의 살롱에서 배출되었다. 이제 막 부를 소유했으나 전통의 부재 속에서 정신적 결핍에 허덕이던 부르주아! 자신의 텅 빈 내면을 채우기 위해 베르뒤랭 부인이 음악가 뱅퇴유 씨를 발굴하듯, 당대의 부르주아들은 니콜로 파가니니, 프란츠 리스트 등을 찾아냈던 것이다. 세잔의 혁명적인 진가를 처음으로 발견한 사람들도 부르주아 미술 애호가들이었다.

하지만 부르주아들의 예술 애호는 신진 예술가들과 식도락 기행을 떠나는 것 이상으로 발전되지 못했다. 베르뒤랭 부인이 이들 예술가들에게 주목한 것은 오직 그들이 '새롭기' 때문이다. 베르뒤랭 사람들은 단 한 번도 그 새로움을 이해하려고 애쓰지 않았다. 따라서 그들은 새로운 예술가들을 발굴할 수는 있었으나 예술 작품을 온전히 향유할 수도, 그 자신을 예술가로 만들수도 없었다. 예를 들면 그들의 '번드르르한' 대화는 늘 누군가가 좋다고 하는 것에 대해 "아, 네~ 저도 그 소나타가 아주 훌륭하다고 생각해요"를 덧붙이지만, 정작 어떤 점이 훌륭하다고 물으면 아무도 대답을 못했다. "정말 아름답죠, 더 말할 필요도 없죠!" 하지만 뭔가 더할 말은 없는 살롱 식 화법! 심지어 베르뒤랭 살롱에서 가장 박학다식했던 스완조차도 감탄하는 것밖에 할 줄몰랐다.

나중에 베르뒤랭 부인은 프랑스 모든 언론이 찬탄하는 지성의 아이콘이 된다. 드레퓌스 장교를 옹호하는 재판과 프랑스의 보수적 반유태주의를 혐오했던 에밀 졸라의 재판에 참관인 자격으로 당당히 등장하곤 했기 때문이다. 하지만 그녀의 욕망은 다른 곳에 있었으니, 그저 자신의 살롱을 새로운 문화계 인사들로 채우고만 싶었던 것이다. 실제로 그녀의 정신 안에는 진보사상이라고는 단 한 방울도 들어가 있지 않았다. 마담 베르뒤랭에게는 사상 역시 하나의 상품이었고, 그녀는 책을 소유하고 사상가와 사적 친분을 맺는 것이야말로 자신의 교양과 지성을 드러내 줄 수 있는 방법이라고 생각했다.

당대 부르주아 살롱에서 지식은 하나의 장식품이었다. 부르주아들이 그토록 애호했던 '교양'이라는 말은 철학, 사회학, 정신분석학, 문학 분야의 갖가지 지식들을 나란히 늘어놓고 입맛에 따라 이것저것 맛보는 것 이상이 될 수 없었다. 마르셀은 마담 베르뒤랭의 살롱을 통해 부르주아들이 추구했던 '혁신'이 실은 무지의 추구에 불과하다는 것을 깨달았다. 그들은 시대의 오피니언 리더를 자처했지만 실상은 색다른 것의 소비자, 신분상승을 과시할 수 있는 갖가지 사치품의 물신숭배자들에 지나지 않았다. 베르뒤랭 부인에게는 럭셔리 쇼파나 전위 예술가, 좌파 지식인 모두가 동등한 가치를 지닌 살롱의 장식품이었던 것이다. '사교계의 샛별' 마르셀은 당대 지식과 문화의 아방가르드임을 자처했던 부르주아들의 천박한 속물주의와 어리석음에 혀를 내두를 수밖에 없었다.

여기서 잠깐. 베르뒤랭 부인의 천박함은 그렇다 치고, 어째서 위대한 거장들은 젊은 시절에 그런 곳을 드나들었단 말인가? 결국 그들도 어리석고 타락한 속물에 불과한가? 4장에서 살펴보게 되겠지만, 중요한 것은 한 사람이, 또는 한 예술가가 한때 어리석고 타락했었다는 사실이 아니다. 젊은 시절의 한때에, 뒷날 생각만 해도 불쾌한 일 하나쯤 하지 않은 사람이 몇이나 되겠는가? 중요한 것은 그런 악덕과 평범함을 두루 거치고 극복하면서 '자신이 되어 가는' 과정이다. 우리의 주인공 마르셀처럼.

4. 공작 부인의 무모한 유산 : 에티켓, 에티켓, 에티켓

사회의 핵심 사교장으로 급부상하던 마담 베르뒤랭의 살롱이 갖가지 새로움의 전시장인 동시에 19세기 반지성주의의 온실(溫室)이었다면, 게르망트가(家)의 살롱은 유구한 전통을 앞세워 자신의 지위를 영속화하려는 형식주의의 산실(産室)이었다. 이 작품 속에 등장하는 모든 사교인들의 꿈은 게르망트 공작 부인의 살롱에 초대받는 것이다. 마르셀 역시 콩브레 시절부터 게르망트 부인을 동경했다. 유년의 마르셀처럼 시골 부르주아가 도시 상류층을 동경하는 것이야 그럴 수 있다. 그런데 열광하기는 파리의 부자들이나 다른 대귀족들도 마찬가지였다. 게르망트 공작 부인이 뜬다는 소문만으로도 오페라 극장의 그날 공연은 흥행이 보장되었다. 베르뒤랭 부인 역시 겉으로는 '게르망트'를 따분함의 대명사처럼 취급했지만, 그 말에 담긴 속내는 '게르망트이고 싶다'였다. 도대체 '게르망트'가 뭐길래?

'게르망트'와 관련된 것이라면 무조건 존경의 대상이 될 수밖에 없는 이유는 이 이름이 보존한 역사 때문이다. 콩브레 성당에 찍혀 있던 이 가문의 문장은 게르망트 사람들이 유럽 북방의 광대한 땅에서부터 남방의 강력한 도시에 이르기까지 오랫동안 큰 영향력을 행사해 왔음을 암시한다. 또 이 가문의 웃어른인 빌파리지 후작 부인의 말과 행동은 그 자체로 프랑스 문화의 산 역사였다. 후작 부인은 티치아노Vecellio Tiziano, 1488~1576; 이탈리아의 화가가 그린 초상화 목걸이를 하고 거리를 산책하며, 쇼팽과 리스트가 식사 시간에 음악을 연주하던 일을 처음 만난 사람 앞에서 대수롭지 않게 회상한다. 무엇보다 그녀의 집 자체가 하나의 거대한 미술관이자 박물관이었다. 사실 마담 베르뒤랭이 오직 최신 유행품으로 자신의 저택을 꾸밀 수밖에 없었던 까닭은 단 한 번도 귀족의 살롱에 들어가 보지 못했기 때문이다. 베르뒤랭 부인은 게르망트 식 고상함을 '올드'하다며 대놓고 비웃었지만 자신이 비웃는 실체에 대해선 문외한이었다. 그만큼 게르망트인들은 막대한 문화적 유산을 휘두른 채 그들만의 살롱에 또아리를 틀고 앉아 프랑스 사회의 권력자 행세를 하고 있었다.

대귀족 살롱의 가장 큰 특징은 상상을 초월할 정도로 양식화된 그들의 사교의례였다. 게르망트 사람들은 각종 은어와 몸짓들로 자신들만의 언어규범을 만들어 놓고 중요한 정보나 의견들을 교환했다. 때문에 이들의 형식화된 의례문화에 동참하지 못하는 한 살롱 안에 들어갈 수 있다고 해도 겉돌 수밖에 없다. 공작 부인의 눈초리가 갑자기 치켜 올라간 것이 지금 막 들어온 방문객에 대한 호의인지 경멸인지를 읽을 수 있어야 그녀에게 예쁨을 받을 수 있는데, 그 눈초리 언어를 파악한다는 것이 단지 살롱에 오래 죽치고 앉아 있는다고 되는 일이 아니었던 것이다. 형제지간이라 해도 이 문법에 통달하지 못하면 공작 부인은 가차 없이 그들을 살롱 밖으로 내쫓곤 했다. 살롱 전체의 권력 배치와 생활 전반에 대한 공작 부인의 취향을 통찰할 수 있는 안목이 없으면 누구도 그녀의 살롱에서 살아남을 수 없었고, 최고 귀족의 살롱에서 쫓겨난 후에는 다른 곳에서 명성을 유지할 수도 없었다. 누가 감히 쫓겨난 인사를 품어 줌으로써 게르망트 공작 부인의 비위를 거스를 것인가?

그런데 역설적이게도 이 귀족적 형식주의에 가장 큰 피해를 본 사람은 공작 부인 자신이었다. 그녀는 구두와 드레스의 짝 맞춤이나 고대 프랑스어의 독특한 발음법 사용에 정력을 집중한 나머지 정작 자신의 눈앞에서 친구가 죽어 가는 것을 눈치채지도 못했던 것이다. 사연인즉 이렇다. 어느 날 약속된 파티에 늦고 만 게르망트 부처 앞에 산책하던 스완이 나타났다. 스완은 최후의 체력을 아껴 가며 하루하루 버텨 가던 중에 잠깐 나들이를 나온 참이었다. 그런데 공작 부인은 안색 나쁜 스완에게 자꾸만

이탈리아 여행을 못 가는 이유 따위나 물었고, 스완이 병이 깊다고 아무리 강조해도 농담이라며 웃고 넘겼다. 심지어 공작 부인은 파티에 늦을까 봐 열감에 들떠 목소리가 이상해진 스완의 말을 잘라먹기까지 했다. 참, 우습기도 하고 슬프기도 하다. 자신이 보고 싶은 것, 봐야 마땅한 것만 보는 데에 길들여진 이 귀부인을 보라. 그녀의 맹목은 친구의 죽음을 재촉한다.

그토록 고매했던 이름 게르망트. 그러나 이들은 자신의 품위에 걸맞은 옷과 구두를 차려입느라 정신이 없어서 코앞에서 누가 피를 토하고 죽는다 해도 눈 하나 깜짝하지 않는 사람들이었다. 그러나 이들도 결국은 함께 기쁨을 나누었던 스완의 죽음에 대해 완전히 무심할 수가 없었다. 게르망트 공작 부인은 한낱 매춘부에 지나지 않는 오데트 때문에 자신의 최고 살롱을 출입하지 않았던 생전의 스완을 용서할 수 없었다. 오데트와 그 딸을 모든 사교계로부터 배척하는 것, 스완의 식구들에 대한 공작 부인의 노골적인 멸시를 모르는 사람이 없었다. 그러나 스완이 죽고 나자마자 게르망트 공작 부인은 제일 먼저 스완의 딸부터 찾기 시작했다. 게르망트 공작 부인은 자신이 왜 이런 변덕이 생겼는지에 대해서는 무관심했다. 그녀는 죽은 스완 때문에 느끼게 된 상실감과 공허감을 파악할 능력이 없었다. 그녀가 세웠고 그녀가 전파한 살롱의 문법에 애도라는 항목은 없었기 때문이다.

작품의 중반부에 이르면 이처럼 도도한 게르망트 부인의 세계로 마르셀이 입성한다. 유년 시절 성심학교에서 빌파리지 후작 부인과 친구가 된 할머니 덕분에 후작 부인의 조카인 생 루와 친구가 되었고 이 인맥으로 게르망트 가문의 여러 파티에 초대받는 몸이 된 것이다. 마르셀이 게르망트 가문의 환영을 받을 수 있었던 까닭은 그가 똑똑하다는 '소문' 때문이다. 처음에는 분명 빌파리지 후작 부인이나 생 루가 그의 지성에 대해 몇 마디 좋은 말을 했을 것이다. 그런데 이 평가는 몇 사람의 입을 돌아다니는 사이에 눈덩이처럼 부풀려졌고, 마르셀은 자신도 모르는 사이에 게르망트 살롱에서 곧 사상계의 혁신을 가져올 인물로 평가되었다. 게다가 알베르틴의 사생활을 캐기에 바빠 번번이 게르망트 가문의 초대에 응할 수 없었던 사정이 그를 더할 나위 없이 도도한 청년으로 만들어 주었다.

게르망트 사람들은 마르셀에게 아무것도 묻지 않았다. 마르셀이 어떤 것을 썼는지, 무엇을 읽고 있는지, 누구를 만나느라 바쁜지도. 고귀한 그들은 희귀한 장서들, 예술사를 장식하는 회화와 조각품들, 유일무이한 악보 속에서 매일매일 먹고, 자고, 숨쉬지만, 그 중 누구도 글을 쓰거나 그림을 그리거나 진지하게 책을 정독하는 사람은 없었다. 그들이 원한 것은 단지 마르셀이라는 재능 있(어 보이)는 젊은이에게 자신들의 막대한 유산을 '보여

잃어버린 시간을 찾아서, 되찾은 시간 그리고 작가의 길

주는 것'이었을 뿐이다. 마르셀은 한편으로는 박학다식했던 스완의 대용품이자 귀족의 위대한 유산을 유지보수 해주는 장치에 지나지 않았다.

베르뒤랭의 살롱에서 게르망트의 살롱까지, 마르셀은 두 세계를 오가며 반지성주의와 형식주의를 철저히 경험했다. 부르주아들은 사치를 일삼으며 자신들의 재력과 영향력을 뻐기고 있었고, 빠른 속도로 노쇠해지던 대귀족들은 전통이라는 껍데기를 간신히 부여잡고 있었다. 마르셀은 이들에 의해 장악된 두 살롱 문화 중 그 어느 쪽에도 속하고 싶지 않았다. 사치스럽고 향락에 찬 시대와의 완벽한 불화! 이것이, 마르셀이 마들렌 과자 체험을 계기로 그토록 결연하게 이 세계로부터 뒤돌아설 수밖에 없었던 이유다.

2장: 상실의 시대 벨 에포크 — 속물들의 유토피아

5. 몽상가들의 발명품 '발베크'

벨 에포크는 갖가지 혁신품과 진보사상을 탄생시켰지만, 대도시 파리는 끊임없이 타인을 의식하지 않으면 안 되는 스펙터클의 감옥이나 다름없었고, 일상의 공허를 해결할 길 없는 사람들은 나름의 출구를 모색하기 시작했다. 마르셀만이 아니라 수많은 파리지앵들이 끝없는 과시적 소비 속에서 충족감보다는 공허와 우울에 지배되었다. 하녀 프랑수아즈도 빌파리지 후작 부인도 도시에서의 삶이 주는 피로로부터 달아나고 싶어했다. 그들을 반긴 것은 근교와 휴양지였다. 대략 1850년대 전후로 주말이면 파리 근교의 아르장퇴유Argenteuil로 나들이를 하거나 여름철을 맞아 노르망디 해변에서 휴가를 보내는 것이 하나의 유행이 되었다. 주중에는 도심의 벅찬 리듬을 따를 수밖에 없지만 주말이나 여름 휴가를 이용해 심신을 쉬고 에너지를 재충전하겠다는 도시인의 욕구를 반영한 결과였다.

물론 과거에도 많은 사람들이 멀리 여행을 떠나 몇 개월씩

머무르다 돌아오곤 했다. 하지만 그것은 괴테 같은 귀족이나 부유한 연금 생활자들의 전유물이었다. 생계를 유지할 의무에서 자유로운 귀족들은 굳이 도시에 얽매여 살 필요가 없었기 때문에 여름철에 자신의 영지를 관리하고, 가을에는 사냥을 즐긴 다음, 10월이나 11월에 다시 도시로 돌아오는 것이 일상적 리듬이었다. 이런 귀족들의 여행관습을 깨고 새로운 '휴가문화'를 만드는 데 결정적으로 기여한 것은 바로 철도다. 근대 문명의 상징이었던 철도의 개통과 함께 대부르주아들은 상류층의 휴가 풍습을 모방했는데, 영지가 없었던 그들은 바닷가나 온천 지역에 있는 농가를 세내거나 호텔에 머무르면서 자신의 여유를 과시했다. 그러다 19세기 후반에 기차노선이 확장되고 기차여행이 대중화되면서 여행은 대다수 도시인의 라이프 스타일로 정착하게 된다. 대도시의 산책자들, 유행의 소비자들, 기껏해야 살롱에서 형식적인 사교에 몰두해야 했던 파리지앵들은 기차 덕분에 낯선 고장의 신선한 풍광 속에서 자신을 새롭게 돌아볼 기회를 갖게 되었다고 좋아했다. 도심이 아니라 자연 속에서, 일이 아니라 여가를 통해, 결국 자기의 내면적인 삶을 바꾸는 것이 아니라 외적 환경을 바꾸는 것으로 삶의 활력을 모색하는 것이 진정한 근대적 삶으로 여겨졌던 것이다.

작품 속에서 파리지앵들이 사랑하는 최고의 휴양지는 발베크다. 휴가객들은 태반이 낯선 사람들인 이 해변에서 보다 과감한 향락을 추구할 꿈에 부풀어 발베크행 기차에 오르곤 했다. 마르셀도 병약한 몸 덕분에(!) 파리 중앙역을 출발해 발베크에 가게 된다. 마르셀은 기차를 타면서부터 한없이 즐거웠다. 그에게 기차는 '미지의 벗'이자 '블롱드의 예술 편력자'라고 부르고 싶을 만큼 신비롭고 고마운 대상이다. 특히 마르셀은 몸이 허약했던 터라, 기차가 사방으로 펼쳐진 미지의 고장들로 자신을 데려다 준다는 사실이 경이롭게 느껴졌다. 마르셀은 도착에 앞서 이미 발베크를 찬양할 준비를 다 마쳤다. 여느 파리지앵들처럼 발베크가 모든 사람들을 청년으로 바꾸고, 그 모두를 바다의 포말과 해변의 풍경 속에서 하나로 만들어 주는 유토피아라고 생각했다. 하지만 이 유토피아가 파리 생활의 연장에 불과하다는 것을 깨닫기까지는 그리 많은 시간이 필요치 않았다.

발베크 생활이란 곧 그랑호텔 생활이다. 휴가를 위해서 마음껏 쓸 수 있는 돈이 없으면 이 호텔에 묵을 수가 없다. 그랑호텔은 통유리창으로 둘러싸인 대식당과 신간서적과 신문이 착실히 구비되어 있는 도서관을 갖춘 최신식 건물이었다. 여기서는 지배인부터 엘리베이터 보이까지 모두 집안의 하녀처럼 친절했고, 맛있는 제철과일과 요리가 끼니마다 나오고, 갖가지 오락이 24시간 제공된다. 이곳의 투숙객들이 원하는 것은 '파리에서와 다름없는' 쾌적한 생활이었다. 그러니까 그랑호텔은 정확히 파리의 사교문화를 모방했다. 게다가 그랑호텔에서는 누구나 지위와 재력이 구획한 편견의 심급에 예민해져야만 했다. 그들의 신분을 눈치채지 못하고 실례를 한다면 파리에 돌아가서 큰 봉변을 당하게 된다. 그래서 심지어 이런 일도 발생한다. 변호사, 공증인, 재판소장 등 어중간한 처지의 부르주아 가족들은 자신들이 상대적으로 시시한 존재로 보일까 봐 전전긍긍하면서 바깥에 나가지도 못하는 것이다. 그들은 기껏 이 멋진 해변에서 호방하게 수영하고 거칠게 주변 경관을 탐색하기보다는 아는 사이들끼리 몰래 어울려 다니면서 호텔의 카페나 인근 레스토랑을 전전한다.

부르주아들이 타인의 평가에 일희일비하고 있을 때, 귀족들은 어떻게 휴가를 누렸는가? 왕족이나 대귀족들도 자신들의 영지를 두고 굳이 발베크를 방문하곤 했다. 발베크야말로 시대의 핫 플레이스였고, 그곳을 다녀왔다고 해야 파리의 사교계에서 좀 그럴싸한 최신 문화도 즐길 줄 아는 세련된 사람으로 인정받을 수 있었기 때문이다. 하지만 이들은 발베크에서 완전히 안하무인이었다. 투숙객들 사이에서 그들은 낡은 드레스와 구태의연한 화법 때문에 출신이 형편없는 시골 유지로 천대받기도 했다. 그런데 앞서 우리가 살펴본 게르망트 공작 부인의 경우를 통해서 짐작할 수 있는데, 귀족들은 눈과 귀가 너무나 높은 곳에 자리잡고 있는 탓에 자기보다 아랫사람들이 내뿜는 경멸 섞인 눈길과 뒷담화를 전혀 감지하지 못했다. 어디 그뿐이랴, 발베크에서도 자신이 왕족입네 귀족입네 하느라, 대저택에서는 만날 기회가 없던 지나가는 관광객들을 보며 염소나 양처럼 귀여워했다. 공주에게 유행에 뒤떨어진 부르주아 식 옷차림을 한 노부인과 소년은 진화의 분류표에서 오리나 산양보다 조금 높은 자리에 있는 존재일 뿐이었기 때문이다.

전체적으로 보았을 때 최신 휴가 문화를 즐기러 온 발베크의 손님들이었지만 진보나 평등이라는 단어에 대해서는 무감했다. 마르셀이 보기에 발베크는 파리의 축소판, 다시 말해 계급적 적대와 상호 멸시의 도가니요, 속물화된 세계의 복제품이었다. 게다가 발베크 해변에는 수많은 사람들이 걸어 다녔지만 발베크에 '사는' 사람은 거기 없었다. 충분히 짐작할 수 있겠지만 발베크의 농부나 노동자들은 결코 그랑호텔의 문턱을 넘을 수 없었기 때문이다. 그들은 밤마다 호텔 대식당의 유리창 밖에서 파리지앵들의 저녁식사를 훔쳐볼 수밖에 없었다. 발베크는 여름 한철의 도시일 뿐이었고 부자들은 물건을 쓰다 버리듯 발베크에서 '한때'를 즐기다 떠났다. 발베크는 벨 에포크의 꿈이었지만 마르셀이 보기에 이 유토피아는 물고기가 단 한순간도 숨쉴 수 없는

잃어버린 시간을 찾아서, 되찾은 시간 그리고 작가의 길

오염된 수족관이었다. 프루스트는 작품 안에서 달리 정치적 의식을 갖고 구체적으로 사회 비판을 하지 않았다. 하지만 그는 이 단 한 장면으로 최고의 사교장 주변을 감도는 불편한 긴장과 변혁의 기운을 포착해 냈다. 평등하게 자유롭자며 시작된 자본의 시대가 아니었던가? 이제 당신들의 박애 즉 우정을 보여 달라!

이 호텔로 말할 것 같으면 대식당 안에 전등빛의 샘을 물결쳐 솟아나게 하여, 식당은 마치 넓고 으리으리한 수족관이 되어버려, 그 유리벽 앞에 어둠에 가려 보이지 않는 발베크의 노동자, 어부 또는 소시민의 가족들이 몰려, 가난한 사람들로서는 금빛 소용돌이 속에 느릿느릿 좌우로 흔들리는 안쪽 사람들의 사치스러운 생활이 기묘한 물고기나 연체동물의 생활 못지않게 이상하여, 유리에 코를 납작하게 붙이고 그 안을 들여다보고 있었다 (유리벽이 괴상한 생물들의 잔치를 영원히 보호할는지, 또 어둠 속에서 탐욕스럽게 구경하는 천한 사람들이 어느 날 갑자기 수족관 안으로 들어가 이 괴상한 생물들을 잡아먹지나 않을는지를 안다는 건 커다란 사회문제이다). 프루스트, 「꽃핀 소녀들의 그늘에서」, 『잃어버린 시간을 찾아서』 2권, 766쪽

코로나로 일순 멈추었지만 우리도 2019년까지는 발베크

식 여행에 익숙했다. 수많은 사람들이 대도시의 일상이 주는 우울과 피로를 해결하기 위해 근교나 지방, 심지어 외국으로 여행을 떠났다. 모든 TV 채널은 가볼 만한 여행지를 앞다퉈 소개하고, 노인도 아줌마도 백수도 어디론가 떠날 수만 있다면 자유로운 인생을 사는 것처럼 생각되는 세상이었다. 내 인생의 베스트 여행지 몇 곳쯤은 꼽을 수 있는 삶, 그것이 현대 도시인의 로망인 것이다. 프루스트는 백 년 전에 이미 이런 어리석은 휴가를 맹비난했었건만, 세상은 꾸준히 벨 에포크 식 삶을 동경해 왔다.

마르셀은 도시-휴가지-도시-휴가지를 왕복하는 삶에는 희망이 없다고 보았다. 타인의 시선을 의식하지 않고 온전히 자신에게만 충실할 수 있는 공간을 찾는다는 발상 자체에 문제가 있기 때문이다. 상품 세계의 스펙터클에 길들여진 이상 도시인의 내면을 질주하는 것은 자기 자신이 아니라 타인의 시선이다. 따라서 세상 어디에서도 우리는 혼자 있을 수 없다. 프루스트는 낯선 것을 피상적으로 알게 되는 일이나 일상에 산적한 문제들로부터 도피하기 위한 여행에는 전혀 관심을 두지 않았다. 그에게는 저 먼 곳의 광활한 이국이나 파도치는 청춘의 해변보다는 자신과 함께 사는 운전기사, 하녀, 배신한 애인, 허풍쟁이 친구들의 영혼이야말로 그를 매혹하는 미지의 땅이었다.

6. 아름다운 시절은 가고

영원할 것 같았던 이 '아름다운 시절'의 최후는 어떤 모습일까? 공식적으로는 1차 세계대전의 발발을 계기로 화려했던 시절은 무참히 파괴된다. 그리고 벨 에포크의 유수한 살롱들은 서서히 사회적 영향력을 잃게 된다. 작품 속 배경의 영고성쇠만 놓고 본다면 『잃어버린 시간을 찾아서』는 몰락의 대서사라고도 할 수 있다. 프루스트는 프랑스 문화의 상징이자 살롱 세계의 중핵이었던 게르망트 가문의 최후를 흥미롭게 묘파한다.

게르망트는 두 번의 직격탄을 맞으면서 그 영향력을 완전히 상실한다. 첫번째 계기는 왕자의 타락이다. 게르망트의 왕자 샤를뤼스 남작은 태어나면서부터 프랑스 역사와 문화의 핵심적 위치에 있었다. 그러나 모든 것을 다 가졌던 이 남자는 바로 그 이유 때문에 예상보다 빨리 게르망트의 왕좌에서 내려오게 된다. 모든 것을 자기 뜻대로 할 수 있었던 탓에 권태를 벗어던지기 위해 오직 자신의 애욕과 쾌락의 세계로 점점 더 깊이 빠져 들어갔던 것이다. 이는 대부르주아 스완도 마찬가지였다. 다만 매춘부를 통해서는 해답을 찾을 수 없다는 사실을 깨달았던 스완과 달리 샤를뤼스 씨에게는 죽을 때까지 육욕의 세계만이 빛이요, 구원이었다.

물론 남작이 처음부터 그렇게까지 낮은 신분의 남자들과 사귈 생각을 한 것은 아니고 그저 귀족 자제들의 멘토쯤으로 만족하려고 했다. 하지만 그의 취향은 프티부르주아인 마르셀에게로, 다시 공작 부인 댁을 드나드는 재봉사에게로, 그러다가 정원지기의 아들로, 본인도 모르는 사이에 점점 더 극단적이게 되었다. 그뿐 아니라 도착의 정도도 더욱 심해져서 말년에는 먼 식민지 출신의 흑인, 시골 출신의 하급 병사에게 맞아가면서 겨우 욕망을 채울 수 있게 된다. 샤를뤼스 씨는 폭격의 화염이 밤하늘을 수놓고 있는 와중에도 육욕에 빠져들지 않을 길이 없었다.

게르망트가 몰락하게 된 두번째 이유는 바로 사치와 방탕이었다. 품위를 유지하기 위한 끝없는 소비 끝에 그들은 거대한 빚더미에 앉게 되었고, 그나마 그 지위를 유지하기 위해 아들들을 부자 부르주아들과 결혼시키거나 스스로 나서서 부르주아 미망인들과 재혼했다. 게르망트 대공조차 죽은 남편에게서 엄청난 유산을 상속받은 베르뒤랭 부인을 두번째 아내로 맞아들였다. 이 결혼을 통해 하루도 쉬지 않고 '따분한' 귀족 세계를 비꼬았던 베르뒤랭 부인이 그 한심한 세계의 실질적인 안주인이 되어버린 것이다. 샤를뤼스 씨를 뒤이은 가문의 적자, 생 루 후작도 스완의 유산을 물려받은 질베르트 스완과 결혼함으로써 비어 가던 금고를 재충전할 수 있었다. 물론 이때의 질베르트는 포르슈빌 백작과 재혼한 오데트 덕분에 신분을 세탁해서 부르주아의 딸이 아니라 백작의 딸이 되어 있었지만 말이다. 이렇게 놓고 본다면, 결혼으로 신분을 세탁한 베르뒤랭 부인이나 매춘부 오데트나 다를 게 없어진다.

지위만 있는 귀족과 돈만 있는 부르주아의 결합! 이렇게 해서 겉으로는 완전히 다른 세계처럼 보였던 두 세계가 하나로 합쳐지게 되었다. 물론 베르뒤랭 부인의 입장에선 신분상승이었고 게르망트 가문 입장에서는 타락의 시작이었지만 말이다. 그러나 이들이 이토록 빨리 하나가 될 수 있었던 것은 단지 금전적인 이유만은 아니었다. 앞서 보았다시피, 반지성주의와 형식주의로 도배된 그들의 속물적 욕망이야말로 그들의 결합을 가능케 한 일등공신이었다.

베르뒤랭 부인은 그토록 비웃었던 (그러나 실은 갈망했던) 게르망트 가문의 안주인이 되었다. 그런데 어쩔거나, 게르망트 가문의 파티에는 이제 말 그대로 '아무나' 드나들 수 있게 되었다. 1차 세계대전에 참전한 수많은 하층 계급과 식민지인들은 프랑스

시민권을 받았고, 바야흐로 '만민평등의 시대'가 도래했다. 그런데 이 평등해진 만민이 원하는 삶이 바로 오데트나 베르뒤랭 부인처럼 사는 것이다! 전쟁과 함께 대귀족 중심의 살롱문화 자체가 점점 위축되자 베르뒤랭 부인은 그나마 명성을 유지하기 위해 호기심 많은 '평민'들을 되도록 폭넓게 살롱에 수용했다. 이제 누구나 게르망트의 문턱을 넘나들 수 있게 되었다. 그러나 아무도 마담 베르뒤랭, 게르망트, 스완이라는 이름을 알지 못했다.

한때는 부르주아입네 귀족입네 서로의 입지를 놓고 다투던 두 계급이었다. 이들은 사사건건 진보와 보수로 나뉘어 자기 세력을 모으기 위해 암투를 벌였다. 그러나 사실상 이들의 정치적 소견이라는 것도 그때그때의 이해관계에 따른 이기적 처신에 불과했었다. 새로 게르망트의 파티에 출입하기 시작한 입신출세가들은 위세 등등한 상류층의 행위, 그들의 정치 문화적 실천이 속물적 허세에 다름 아니라는 것을 너무나도 잘 알고 있었다. 하지만 그게 뭐 어떤가? 남들보다 잘 살 수만 있다면! 살롱의 새로운 다크호스들은 그들의 반지성주의와 형식주의에 아랑곳하지 않고 그들처럼 되기를 갈망했다.

분명 '벨 에포크'는 19세기 말과 20세기 초의 프랑스를 지칭하는 고유명사였고, 1차 세계대전과 함께 공식적으로 종료되었다. 하지만 전후의 폐허 위에서 다시 그 세계를 모방하려는 움직임이 전개되었다. 대다수의 청년들은 어제도 오늘도 자신을 망실한 채 주류 사회에 편입되기 위해 기를 쓴다. 어디를 가나 게르망트가, 제2, 제3의 베르뒤랭이 있다. 벨 에포크의 속물들은 모두 사라졌지만 새로운 속물들은 계속 태어난다. 똑같은 무지, 똑같은 형식주의가 반복된다. 근본적인 혁신이란 없으며 결국 주연만 바뀌는 속물주의 드라마만 계속되는 것. 그 누구도 생의 허무와 우울의 본질을 꿰뚫으려고 하지 않고 권태 속에서, 권태를 망각하거나 감내하면서 늙어 갈 뿐이다.

프루스트의 작품은 부유한 부르주아나 유서 깊은 귀족들의 사생활을 중심으로 자기 시대를 성찰한 결과이기 때문에 방대한 분량에도 불구하고 '객관성이 결여되어 있다'거나 '편협한 호사 취미의 보고서다'라고 비판받기도 했다. 사실 프루스트의 작품에 노동자들의 핍진한 삶이나 혁명을 꿈꾸는 이들의 야심찬 하루는 없다. 하지만 그가 꿰뚫어본 것은 속물주의의 정신적 가난이었다. 대귀족과 부르주아의 화려한 살롱은 실상 허무하고 빈곤한 벨 에포크의 축소판에 다름 아니라는, 바로 그 사실이었다.

벨 에포크 시대의 욕망은 거대하고도 초라했다. 과시적인 소비 욕구는 예술과 지식마저도 하나의 상품으로 만들면서 끝없이 팽창했지만, 그에 비례해 소비 주체들의 의식은 형편없이 쪼그라들고 말았다. 재물, 사랑, 권력이 언젠가는 자신의 것이 될 수 있길 기대하면서 그들은 오늘을 미래에 헌납했다. 내일의 드레스, 내일의 사륜마차, 내일의 지성, 내일의 신분! '언젠가' 행복해질 때까지 아무 생각 없이, 어쨌든 사들이고 보는 과시적 삶. 프루스트는 이것을 벨 에포크를 관통하는 욕망의 본질이라 보았다. 그런데 바로 이것이야말로 삶을 허무하게 만드는 원인이었다.

마르셀 앞에 『고리오 영감』의 악당 보트랭이 나타난다고 가정해 보자. "젊은이, 이것이 인생의 십자로야. 이제 선택을 해야지!" 아름다운 시절의 빈곤함을 깨달은 자에게 남은 선택지는 무엇일까? 성공을 도모하는 속물이 될 것이냐, 세상을 등진 패배자가 될 것이냐. 라스티냐크는 살롱의 귀부인이 된 딸들에게 무참히 배신당한 고리오 영감의 죽음을 지켜본 뒤, 더욱 냉소적이고 살벌해진 눈빛으로 살롱을 향했다. 온 세상이 속물적 욕망으로 가득 차 있는데 출구가 어디 있단 말인가. 잡아먹히기 전에 잡아먹으리라. 그러나 마르셀이 선택한 것은 전혀 다른 길이었다. 그는 벨 에포크와 그 시대의 삶을 읽기 위해 온 노력을 기울인다. 무엇보다, 갖가지 욕망에 사로잡혀 허우적대는 자신의 마음을 읽기 위해 고투한다. 자기 욕망의 뿌리와 곁가지를 주시하고 자기 감각의 미세한 촉수들이 무엇을 감지하는지를 예민하게 인식함으로써 그는 타인의 시선들로 북적거리는 마음속에서 자신을 발견한다.

잃어버린 시간을 찾아서, 되찾은 시간 그리고 작가의 길

3장

헛되고 헛된 사랑의 찬가

1. 스완과 오데트: 부르주아와 매춘부의 벨 에포크 식 사랑

마르셀은 생이 공허의 늪으로 빨려 들어가길 원치 않았다. 그는 자신이 느끼는 허무감의 원인을 파악하기를 원했으며, 공허하다고 생각한 지난 시절 속에서 도대체 무엇을 잃어버리고 살았는지를 알아보고자 했다. 바로 그런 이유에서 살롱 시절은 제일 먼저 회상의 무대가 되었다. 그럼 회상의 결과는 무엇인가? 살롱 라이프가 지독한 속물적 인정투쟁의 연속이라는 것, 그 치열한 출세지향주의가 더할 나위 없이 사람을 피폐하게 만든다는 것. 사교계를 통해서는 진실된 삶, 충만한 행복을 구할 수 없구나! 그렇다면 참된 기쁨을 누리는 삶은 어떻게 가능한가? 마르셀은 타인의 시선에 지배되는 사교계를 빠져나와 내적인 세계에서 답을 찾아보기로 했다. 가장 내밀하면서도 진솔한 마음의 교류가 이루어지는 장, 바로 사랑의 세계 말이다.

결론부터 말하자면, 마르셀은 그 세계에서도 잃어버린 시간을 되찾을 수 없다. 마르셀과 그의 지인들 중에 사랑 때문에 행복

잃어버린 시간을 찾아서, 되찾은 시간 그리고 작가의 길

한 사람은 아무도 없다. 스완도, 샤를뤼스 씨도, 그들의 말썽 많은 애인들 때문에 물질적으로나 정신적인 면에서 죽도록 고생하면서 일생을 보냈다. 사심 없는 애정? 속 깊은 신뢰? 그건 다 사랑밖에 모르는 이들의 망상이다. 마르셀은 사랑의 세계에서도 환멸을 맛볼 수밖에 없었다. 스완과 오데트의 사랑, 자신과 질베르트와의 첫사랑, 자신과 알베르틴과의 마지막 사랑, 샤를뤼스 씨의 도발적 동성애 등 그 어디에도 거짓말과 배신의 드라마 이상의 것은 없었기 때문이다. 하지만 이 사랑의 세계에서 경험한 환멸의 깊이는 마르셀에게 더할 나위 없이 큰 깨달음을 주었다. 도대체 마르셀은 사랑의 세계에서 어떤 배움을 얻었던 것일까?

먼저 스완과 오데트의 사랑. 누군가에게 사랑을 느끼는 것은 참으로 자연스러운 감정이다. 하지만 그 사랑을 표현하고 이해하는 과정은 그리 자연스럽지 않다. 누군가와 연애한다는 말에는 수많은 행위의 이미지들이 들어 있다. 연애편지를 쓰고, 공원이나 영화관으로 데이트를 가고, 기념일을 챙기며, 커플티나 커플반지를 교환하는 등, 마침내 결혼으로 이어지기까지의 수많은 과정들은 순전히 개인의 창작물일 수 없다. 요즘에는 사랑한다면서 일주일 이상 연락이 없는 것은 매너가 아니지만, 우편 제도가 발달하기 전에는 몇 달씩 소식을 주고받지 못해도 서로에 대한 신뢰에는 변화가 없었다. 우리가 보고 읽으면서 자란 수많은 연애소설이나 드라마와 영화들, 그리고 휴대폰과 같은 미디어 테크놀로지 없이 사랑을 나누는 것이 가능할까? 마르셀도 벨에포크 식의 사회문화 속에서 사랑을 배웠다. 마르셀에게 이 시대 사랑의 전범을 보여 주는 첫번째 인물은 바로 콩브레의 이웃, 스완 아저씨다. 작품 속에서 그는 세상을 깜짝 놀라게 한 연애 스캔들의 대명사로 나온다. 그럼 이제 떠들썩했던 스완 씨의 사생활 속으로 들어가 보자.

스완에게는 운명이자 저주인 여인이 한 사람 있었으니 그녀는 매춘부 오데트 드 크레시다. 우리는 스완이 오데트에게 빠져들 수밖에 없었던 까닭은 작품을 통해 간단히 추리해 볼 수 있다. 스완은 부르주아 중의 부르주아, 댄디 중의 댄디였다. 젊었을 때 그는 학구열과 창작욕에 불타는 정력적인 부르주아였다. 하지만 손쉽게 얻을 수 있는 책과 그림들, 인맥과 명성들 속에서 지내다 보니 뭔가를 골똘히 연구하거나 밤을 낮 삼아 창작의 기술을 연마해야 하는 예술은 어쩐지 나중에 해도 괜찮을 것 같았다. '내일은 좀 더 보람되고 실질적인 일을 해야지! 해야지!' 다짐했지만 그 어떤 것에도 매달리지 못한 채 어느덧 마흔 줄을 넘기고 있었다. 그렇게 세월이 흘러가버렸다는 것을 깨달았을 때, 그는 슬슬 불안해지기 시작했다. 자신의 화려한 삶이라는 것도 결국은 대통령 궁이나 고급 살롱, 연극장의 발코니, 발베크 같은 휴가지나 드나드는 것에 불과했고, 그를 부러워하는 대중들의 시선도 실은 그가 소유한 마차, 명품 구두, 실크해트나 고급 양복을 향해 있다는 것을 알게 되었기 때문이다. 아무도 그가 어떤 사람인지 궁금해하지 않았고, 그 역시 아무것에도, 그 누구에게도 매력을 느낄 수 없었다. 참으로 난감한 일이 아닐 수 없었다.

오데트 드 크레시라는 희대의 매춘부가 스완의 인생에 나타난 것은 바로 이 무렵이다. 우울했던 스완은 극장에서 처음 오데트를 소개 받은 후 서서히 그녀에게 끌리기 시작했다. 그러다가 결정적으로 그를 자극한 사건이 발생했는데 이름하여 '보티첼리 사건'이다. 어느 날 우연히 오데트의 집을 방문하게 된 스완은 일본풍 실내복만 걸치고 있었던 그녀에게서 문득 보티첼리 회화의 주인공인 십보라Zipporah: 성경에 나오는 모세의 아내의 모습을 보았다. 순간 그는 마치 거대한 회화가 자기 앞에 펼쳐지는 듯이, 마치 신화 속 여인이 자기를 위해 몸을 숙인 채로 서비스를 해주는 것을 느꼈다. 그리고 문득 십보라 같은 여인 앞에 앉아 있는 자신이 모델 앞에서 궁리를 거듭하던 보티첼리나 다름없다는 생각이 들었다. 예술가가 된 속물 부르주아라니! 스완은 이러한 망상 속에서 짜릿한 희열을 느끼며 오데트의 품 안으로 뛰어들었다. 오데트가 그가 절대로 소유할 수 없을 것 같은 예술의 세계를 가져다줄 수 있는 고귀한 존재로 느껴졌기 때문이다.

사람은 누구나 자기가 알고 있는 것, 자기 교양의 지평에서 상대를 바라보고 판단한다. 스완의 교양은 갖가지 그리스-로마 고전에서 최신 인상파의 그림까지를 망라했는데, 그 중에서도 가장 아름답다고 생각한 회화의 한 장면 위에 오데트를 놓고 보았던 것이다. 결국 그가 오데트에게 매료된 것은 그녀가 그의 예술 취미를 자극했기 때문이라고 할 수 있다. 원래 사랑이란 게 그렇다. 우리는 상대를 사랑한다기보다는 상대에게 투영한 자신의 욕망을 사랑한다.

그런데 문제는 스완뿐 아니라 당대 모든 부르주아며 예술가들이 오데트에게서 헤어나올 줄을 몰랐다는 사실이다. 몽상가 포르슈빌 백작도 화가 엘스티르도 프티부르주아 소년도 그들 각자의 교양과는 상관없이 그녀에게서 어떤 비슷한 매력을 느꼈다. 과연 오데트의 치명적 매력은 무엇이었던가? 권태로운 파리지앵들은 오데트에게서 단지 외적인 아름다움만 보지는 않았던 것 같다. 그렇지 않고서야 훨씬 더 아름답고 사치스러운 귀족가문의 아가씨가 아니라 매춘부가 시대의 아이콘이 될 수는 없는 노릇이다. 오데트는 1872년 파리 만국박람회 때부터 시대의 아이콘이던 인물이다. 출신도 불분명한 오데트가 이런 성공을 할 수 있었던 이유는 무엇일까?

사연인즉 이렇다. 오데트는 마담 보바리가 그토록 동경했던 파리에서 생활하기 위해 파리행 기차를 탔던 수많은 지방 아가씨들 중 하나였을 것이다. 라스티냐크 같은 지방 똑똑이들이 벼락출세를 꿈꾸었던 것처럼 수많은 시골 아가씨들도 파리에만 오면 당장 사륜마차를 탈 수 있을 거라고 믿었다. 하지만 가난한 아가씨들에게 주어진 최고의 향락은 르누아르가 그린「물랭 드 라 갈레트에서의 무도회」* 이상은 될 수 없었다.

이 작품 전체를 지배하는 것은 경쾌한 음악소리와 끊이지 않는 청춘남녀의 웃음소리다. 하지만 조금 더 자세히 살펴보면 이들의 옷차림이 지극히 소박하다는 것을 잘 알 수 있다. 특히 아가씨들의 옷은 패턴도 단조롭고 악세사리도 거의 없다. 화면 속 그녀들은 환하게 웃고 있지만 잘 드러나지 않는 그녀들의 손은 어떨까? 바늘에 찔리거나 산업용 표백제에 시달려 갈라지고 퉁퉁 부어 있지는 않았을까? 시골에서 갓 상경해 몽마르트의 값싼 하숙집을 전전하던 그녀들에게 물랭 드 라 갈레트에서의 무도회란 날마다 즐길 수 있는 일상이 아니었다. 어느 주말의 짧은 외출이었을 뿐. 그녀들이 파리에서 가장 쉽게 구할 수 있는 직업이래

---

* 피에르 오귀스트 르누아르(Pierre Auguste Renoir)의 1876년작
「물랭 드 라 갈레트에서의 무도회」(Bal du moulin de la Galette) 그림은 오른쪽 큐알코드를 찍으시면 바로 보실 수 있습니다.

야 부르주아의 하녀 혹은 세탁부 정도였는데 그런 일을 통해서는 물가 높은 대도시의 삶을 감당할 수 없었을 것이다. 그녀들은 열악한 노동 조건에 시달리며 요통과 결핵과 같은 각종 질병을 달고 살았을 게 분명하다. 이런 현실을 고려하고 보면 르누아르의 그림이 한없이 쓸쓸하게 보인다. 당대 여인들의 우울한 현실을 달콤하게 위장하고 있는 듯해서 말이다.

많은 여성들이 진저리나는 가난에서 도망치기 위해 백화점 판매원이나 카페, 레스토랑, 콘서트 홀, 극장의 여급 생활에 눈을 돌렸고, 가까이에서 맛본 사치에 길들여진 끝에 매춘의 길로 빠져드는 경우가 허다했다. 여성의 사회적 진출을 뒷받침해 주는 학교나 직장 같은 제반 조건이 부재한 상황에서, 입신출세를 꿈꾸던 하층계급의 여성들에게는 어쩔 수 없이 받아들여야만 하는 운명이었다. 매춘부의 삶이란 뜬구름 같은 욕망과 배신, 허무로 가득했고 그녀들의 표정이나 몸짓은 지칠 줄 모르는 야욕과 일찌감치 터득한 허무감을 동시에 표현할 수밖에 없었을 것이다. 꿈꾸는 듯한 애수와 도발적인 퇴폐가 뒤섞인 존재! 벨 에포크의 매춘부란 바로 그런 존재였다. 그런데 너무나 재미있는 것은 바로 그녀들을 통해 벨 에포크의 초상이 그려졌다는 점이다. 프루스트는 『잃어버린 시간을 찾아서』에서 화가 엘스티르가 젊은 시절 여배우로도 활약했던 오데트에게서 바로 이런 이중성을 간파

했다고 설명한다.

　스완이 오데트에게 보았던 것도 바로 이 점이 아니었을까? 의식하지 못했겠지만, 그는 그녀의 몽환적인 눈빛과 일견 천진해 보이는 외양 뒤에 감춰진 끝을 모르는 야심과 퇴폐적 욕망, 그리고 그 허무한 말로를 알아챘으리라. 그는 오데트에게서 고상하고 번드르르한 부르주아적 속물주의의 영고성쇠를 단번에 감지했다. 오데트의 몽환적인 표정과 교태 섞인 자태에서 속물주의로 알알이 채워진 자신의 허황된 삶을 읽었던 것이다. 오데트는 스완이 결코 가질 수 없는 예술의 세계에 속한 사람이 아니라, 스완이 감추고 있었던 속물적 삶의 이면을 보여 주는 존재였다. 그랬기 때문에 그는 오데트의 부정을 알고도 용인할 수 있었다.

　벨 에포크를 풍미한 수많은 여배우들과 매춘부들이 대중들과 예술가들의 욕망의 대상이 될 수 있었던 것도 그녀들의 얼굴에 드리워진 허무한 욕망 때문이었다. 그녀들은 곧 자신들이었다. 매춘부를 사랑한다는 것은 그 영광과 비참 속으로 더 깊이 빨려 들어가고 싶다는 것을 의미했고, 그런 사랑의 끝에 진실된 행복이 차지할 자리는 없었다.

　스완은 자신을 단번에 보티첼리로 변신시켜 주는 오데트, 한낱 돈 많은 부르주아인 자신보다 훨씬 차원 높은 존재인 이 뮤즈에게 사랑을 느꼈다고 생각했지만, 그것은 결국 자신과 가장 닮은 존재를 애무하고 싶은 나르시시즘적 욕망에 지나지 않았다. 물론 스완과 오데트의 결말은 소위 '해피엔딩'이다. 두 사람이 '행복한 사랑의 종착역'인 결혼에 골인하게 되기 때문이다. 그러나 스완은 이 결혼과 동시에 사교계로부터 완전히 축출당하게 된다. 스완의 대귀족 친구들은 차마 매춘부를 자기들의 살롱에 받아들일 수 없었다. 스완도 결국에는 거짓말쟁이 매춘부에게 속았다는 것을 아프게 깨닫는다. 하지만 불행히도 그에게는 사태를 되돌릴 체력도 능력도 다 떨어지고 없었다. 아니 그럴 마음이 없었다고 해야 옳겠다. 딸 질베르트가 태어날 준비를 하고 있었고, 어차피 허무한 인생에 더 아쉬울 것도 없었기 때문이다. 스완과 오데트에게 결혼이란 권태로운 부르주아의 삶과 허영에 찬 매춘부의 삶을 별 탈 없이 지속시켜 주는 고마운 안전장치였고, 둘은 그렇게 서로에게 '지겨운 존재'로 오래오래 함께 산다.

스완과 오데트의 사랑 이야기는 『잃어버린 시간을 찾아서』의 맨 앞부분에 나온다. 마르셀의 회상은 콩브레에 대한 향수에서 시작해서 곧바로 스완의 사랑으로 옮겨 간다. 마르셀이 자신이 실제로 보고 들은 이야기도 아닌 이 두 사람의 사랑 이야기를 제일 먼저 회상하는 이유는 뭘까? 콩브레에는 스완뿐만 아니라 '게르망트 쪽'이라는 또 다른 장소가 등장하지만, 프루스트는 제1권의 제목을 「스완네 집 쪽으로」라고 했다. 이것은 또 무엇을 의미하는가? 마르셀은 회상을 통해 자신이 스완과 같은 부르주아의 삶을 살아왔음을 깨달았던 것이다. 그것은 사랑에 있어서도 마찬가지였다. 마르셀은 소년 시절과 청소년기를 거치면서 부르주아의 딸(질베르트)이나 살롱의 슈퍼스타(게르망트 공작 부인)와 연애를 하지 못해 안달했다. 스완이 오데트를 통해 예술가의 삶을 흉내내려고 한 것처럼 마르셀도 이런 여인들을 통해 대부르주아나 대귀족처럼 사는 삶을 꿈꾸었다. 하지만 그는 직접 그림을 그리는 게 아니라 모델을 소유하는 것으로 만족하는 삶에는 희망이 없음을 깨닫게 된다. 능력 있고 고상한 애인이 게으르고 욕심만 많은 내 초라한 삶을 구원해 줄 수는 없다는 사실도.

2. 마르셀과 질베르트 : 첫사랑은 왜 실패하는가?

스완처럼 사랑할 수는 없다. 타인에게서 내 모습을 읽어서는 안된다. 이것이 마르셀이 스완의 사랑으로부터 얻은 교훈이다. 우리가 어떤 대상을 본다고, 안다고, 심지어 사랑한다고 하는 것 이면에서 가장 활발하게 작동하는 것은 나의 상식, 나의 경험, 나의 욕망이다. 상대방에 대한 진지한 탐색만큼 스완을 두렵게 한 것은 없었다. 스완은 오데트의 애인들이 집앞에 출몰할 때마다 두 주먹을 불끈 쥐면서도 그녀에게 진실을 캐묻지 못했다. 환상 속에 그녀가 있다! 그는 죽을 때까지 그녀를 보티첼리 속에 유폐시킴으로써 자신의 사랑을 지켰다고 생각했다. 그러나 그것이 과연 사랑일까? 마르셀은 사랑한다는 것이 어떤 것인지를 조금 더 탐구해 보기로 했다. 자신은 질베르트와 어떻게 만나고 헤어졌던가?

마르셀이 스완의 딸 질베르트에게 반하면서 그의 사랑의 역사는 시작된다. 마르셀은 질베르트가 아가위 꽃밭 속에서 불쑥

잃어버린 시간을 찾아서, 되찾은 시간 그리고 작가의 길

솟아나왔다는 바로 그 사실 때문에 그녀에게 순식간에 반하고 말았는데, 이는 소박한 정신과 자연의 위대함을 찬미한 외할머니의 영향 탓이다. 게다가 허약했던 마르셀에게 꽃삽을 들고 씩씩하게 풀숲을 헤매는 소녀는 꼭 사귀고 싶을 만큼 매력적이었다. 하지만 마르셀이 본격적으로 질베르트에게 구애하게 되는 것은 그녀가 스완의 딸이라는 것을 알게 되면서부터다. 스완의 딸! 그것은 다음과 같은 사실을 의미했다. '질베르트는 뱅퇴유나 베르고트와 같은 당대 최고의 예술가들과 함께 저녁도 먹고 오페라도 보러 간다!' 마르셀의 첫사랑은 오직 질베르트가 되어야 했다. 질베르트야말로 스완으로부터 뛰어난 교양을 배웠을 것이고, 엄청난 장서와 미술품을 갖춘 스완의 응접실과 도서관에서 날마다 책을 읽고 그림을 그릴 것이기 때문이다. 부르주아적 삶을 향한 마르셀의 동경이 그를 질베르트에게로 이끌었던 것이다.

마르셀은 자신이 동경하는 세계 속에서 사는 질베르트라면 충분히 사랑받을 만한 소녀라고 생각했다. 마치 스완이 오데트에게서 예술의 뮤즈를 발견하고 그녀를 찬미했던 것처럼 말이다. 때문에 마르셀은 질베르트보다 가난하고 잘 배우지 못한 자신을 부끄러워하면서 조심스럽게 그녀에게 다가갔으며, 때로는 고급 식기 세트가 놓인 격식 있는 코스요리를 먹고 있을 그녀를 떠올리면서 소박하고 정갈한 식사나 격의 없는 인정만을 강조하는 어머니를 원망하기도 했던 것이다.

하지만 이게 웬일인가? 보면 볼수록 오데트가 자신과 닮았다는 것을 깨달았던 스완과는 달리, 마르셀은 친해지면 친해질수록 질베르트가 자신이 상상한 것 이상의 세계를 보여 준다는 사실에 놀라지 않을 수 없었다. 그녀는 함께 책을 읽자고 도서관에 초대해 놓고서는 갑자기 샹젤리제 거리로 놀러 나가자고 졸랐고, 마르셀이 기다릴까 봐 신속하게 베르고트의 책을 빌려 주면서도 나중에는 빌려 준 사실조차 기억하지 못하곤 했다. 아버지 스완을 기쁘게 하기 위해서라면 열심히 공부할 줄도 알았지만, 그러다가도 놀러 갈 일이 생기면 거짓말을 해서라도 집을 나가지 않고는 못 배기는 소녀였다. 질베르트는 교양인 스완과 허영꾼 오데트가 뒤죽박죽 반죽된 조형물처럼 두 사람 중 그 누구의 자질이랄 수도 없는 것들을 마구 구현하는 존재였다. 결국 그녀는 댄스파티를 가려고 할 참에 불쑥 방문한 마르셀의 눈치 없음에 화산처럼 분노를 터뜨리고 말았다. 돌이켜보건대, 마르셀과 질베르트는 단 한 방울의 공통점도 갖고 있지 않은, '화성에서 온 남자와 금성에서 온 여자'였다.

처음에 질베르트는 마르셀이 갖지 못한 모든 것을 다 갖춘 존재였다. 마르셀은 그녀와 함께 있기만 해도 스완 같은 대부르주아적 삶에 성큼 발을 내딛을 수 있을 거라 믿었다. 그런데 점차로 드러나는 사실은 그녀가 생각과는 완전히 다른 존재였을 뿐만 아니라 점점 더 예측 불가능한 존재로 되어 간다는 점이었다.

생각해 보면 당연한 일이다. 꽃삽을 든 풀밭의 소녀와 댄스홀 한가운데에서 정신없이 몸을 흔들고 있는 소녀 사이에는 아무런 공통점도 없다. 그런데 둘 다 모두 질베르트인 것도 맞다. 부모님 앞에 있을 때와 친한 친구와 함께 있을 때, 존경하는 선생님과 있을 때나 사랑하는 연인과 함께 있을 때의 모습이 다르듯, 우리는 다양한 관계에서 매번 다른 역할을 수행하며 살아간다. 그런 점에서 누군가를 만난다는 것은 하나의 배경만(아가위 꽃밭 같은)을 가진 존재와 만나는 것이 아니라 수많은 배경을 가진 존재와 만나는 일이다. 마르셀은 질베르트가 변신할 때마다 곤란해했고 결국에는 가차 없이 그녀에게 버림받았지만, 시간이 지나자 알 수 있었다. 단지 질베르트가 스완의 딸이어서가 아니라, 그녀가 언뜻언뜻 보여 주었던 모순되고 이해 불가능한 여러 개의 세계들이야말로 자신이 매혹된 신비였다는 것을 말이다.

질베르트가 품고 있는 세계는 한없이 많다. 마르셀은 질베르트를 사랑하면서 그 예측할 수 없는 세계가 하나씩 펼쳐질 때마다 자신의 세계 역시 다시 펼쳐지고 있음을 알 수 있었다. 샹젤리제 거리에서 숨바꼭질을 좋아하는 소녀를 위해서라면 아픈 몸을 이끌고서라도 나가서 뛰놀 수 있었고, 서재가 아니라 색깔 구슬이나 최신식 장난감이 구비되어 있는 잡화점 안에서 엄청난 희열을 느낄 수도 있었다. 또 유치하고 순박한 시골 소년이었지만 등 돌린 질베르트의 마음을 되찾기 위해서라면 치밀하게 그녀의 부모님을 공략하는 모략가가 될 수도 있었다. 마르셀은 질베르트를 만나는 동안 애늙은이 공부벌레에 불과했던 자신이 씩씩하고 맹랑하기까지 한 장난꾸러기의 모습으로 다시 태어난다는 것을 체감했다. 그의 정체성 또한 프티부르주아의 아들이라는 하나의 세계로만 수렴되지 않았던 것이다. 만약 질베르트가 없었더라면 마르셀은 이런 자신을 어떻게 알 수 있었겠는가? 이제 마르셀은 안다. 사랑한다는 것은 결국 수많은 세계들이 서로 만나고 서로를 펼쳐 내는 드라마라는 것을.

마르셀의 첫사랑은 왜 실패할 수밖에 없었는가? 처음에 그는 질베르트가 자신은 속할 수 없는 건강과 예술의 세계에 속하는 사람이라고 생각했다. 이런 식으로 자신의 욕망을 투사하지 않았더라면, 마르셀은 결코 질베르트에게 반하지 않았을 것이다. 문제는 질베르트가 마르셀의 표상된 세계에 속하지 않는다는 사실이다. 때문에 마르셀은 그녀의 세계들이 다른 방식으로 펼쳐질 때마다 그것을 감당할 수 없었고 어찌할 줄을 몰라 머뭇거리기만 했다. 자신이 그녀 때문에 달라지고 있다는 것을 어정쩡하게 받아들였으며 점점 더 질베르트를 사랑하는 일에 자신이 없어졌다. 결국 마르셀이 사랑한 건 자신이었음이 밝혀진다.

마르셀의 연애론에 따르면, 우리의 첫사랑은 미지에 대한 우리의 동경을 반영한다. 우리는 한 소녀를 혹은 한 소년을 내가 가보고 싶고 경험하고 싶은 공상 속에서 발견한다. 그리고 상대가 그 세계에만 속하지 않는다는 사실을 깨달으면서 당황해하고, 서서히 실망하면서, 마침내 뒤돌아선다. 그렇게 첫사랑은 실패한다. 사랑의 원인을 상대에게 돌리면서 말이다. 실패한 후에야 마르셀은 사랑의 원인이 나에게도 그에게도 있지 않다는 것을 깨닫는다. 사랑은 각기 다른 두 세계가 서로를 다채롭게 펼쳐내는 과정임을, 이때 필요한 것은 상대방의 낯선 세계와 자신의 낯선 모습을 적극적으로 받아들일 수 있는 여유와 자신감임을. 그럴 때 첫사랑은, 아니 실패한 모든 사랑은 값지다.

3. 마르셀과 알베르틴 : 새디스트와 마조히스트의 동상이몽

첫사랑에 실패하고 난 마르셀은 어떤 심정으로 아가씨들을 바라보게 될까? 질베르트와 헤어지고 몇 년 뒤, 마르셀은 발베크의 바닷가에서 뜨거운 햇살과 부서지는 포말을 즐기며 뛰어노는 소녀들을 보면서 자기 앞에 수없이 많은 세계가 출렁이고 있다는 것을 깨닫는다. 그녀들의 아름다움은 파도의 포말처럼 일어나고 부서지고, 일어나고 또 부서지면서 찬란하게 해변을 장식한다. 마르셀은 아가씨들의 외모를 하나하나 음미하면서 그것을 사물의 세계, 예술의 세계, 자연의 세계 등 온갖 세계에 투사했다. 그리고 한 사람 한 사람은 너무나 다양한 세계들로 구성되어 있음을 발견했다. 그 하나하나가 주름이 펴지듯 퍼질 때마다 각양각색의 아름다움도 펼쳐진다. 바꾸어 말하면 그녀들 각자의 고유한 개성 덕분에 마르셀의 세계 또한 다채롭게 펼쳐지는 것이다. 마르셀은 수많은 세계들이 깔깔거리며 해변 위에서 춤추는 것을 보면서 아찔한 기쁨을 느낀다. 그런데 이렇게 바닷가에서 촉발

된 두번째 사랑도 실패한다. 과연 마르셀은 이번에는 어떤 고통과 어떤 배움을 얻게 될까?

질베르트의 가혹한 거절이 있고 난 뒤 마르셀은 조금 더 여유로운 사람이 되었다. 이제는 느긋하게 해변의 아가씨들을 관조할 수 있을 정도로 사랑에 자신감이 붙기도 했다. 그래서 그는 상대의 세계를 조금 더 적극적으로 탐험해 보기로 결심한다. 그가 두번째로 사랑하게 되는 상대는 알베르틴 시모네 양이다. 그녀는 많은 점에서 질베르트와 닮았다. 우선 알베르틴은 건강하고 싹싹하다. 그녀는 일찍 부모를 여의고 봉탕 부인이라는 친척 아주머니에게 의탁되어 자란 덕분에 눈치가 빠르고 특히 자신에게 유리한 일을 기민하게 잘 판단할 줄 알았다. 경제적으로 여유롭지 않은 처지에서도 탁월한 패션 센스를 발휘해 솜씨 좋게 옷을 차려입어서 돈 많은 집안 아가씨들의 옷차림을 코치해 주기도 했다. 학교 성적은 그리 좋지 않았지만 재치 있는 행동 덕분에 친구 사이에서 인기가 많았고, 자전거나 수영 같은 최신 스포츠에는 늘 앞장서는 쾌활하고 꿈 많은 프티부르주아 아가씨였다.

마르셀이 알베르틴에게 반하게 된 것은 그녀가 발베크 해변에서 친구들과 열심히 놀고 있는 모습을 보면서부터다. 질베르트 때와 마찬가지로, 우선 그는 자신과 많이 다른 사람에게 호기심을 느꼈다. 그러나 질베르트에게 혹독하게 당했던 교훈을 잊지 않고, 이번에는 좀 더 적극적으로 그녀에게 관심을 보이면서 노련하게 애정표현을 하기도 했다. 그러나 발베크에서 알베르틴은 좀처럼 마르셀의 사랑을 받아주지 않았다. 그녀가 받은 부르주아 식 가정교육 때문이었다. 번듯한 가문에 시집가기 위해서는 어느 정도 연애문제가 깨끗해야 했다. 그런데 파리에서 재회한 알베르틴은 좀 달라져 있었다. 물론 명시적으로 언급되어 있지는 않지만, 마르셀이 레오니 아주머니의 유산을 상속받게 된 것과 사교계에 어느 정도 자리를 잡게 된 것이 어떤 역할을 하지 않았을까 짐작할 수 있다. 알베르틴의 눈에 마르셀이 이제 제법 괜찮은 신랑감으로 부각되기 시작한 모양이다.

알베르틴에게 거절당한 뒤 마르셀은 크게 상처받지 않았고, 큰 고통 없이 다른 부르주아 아가씨들 품을 자유롭게 오가면서 실연의 아픔을 잊으려고 했다. 그런데 알베르틴에게서 예측할 수 없는 어떤 모습을 보게 된 후 다시 알베르틴과 가까워지고 싶어하게 된다.

문제의 장면은 어느 댄스 홀에서 일어났다. 누군가의 눈에 그것은 단지 친한 친구들 사이의 가벼운 춤일 것이다. 그런데 어떤 세계를 잘 알고 있는 사람에게 그것은 레즈비언 아가씨들끼리의 뜨거운 열애 장면으로 읽힌다. 한 카지노에서 알베르틴이 앙드레라는 여자친구와 다정히 춤을 추는 모습을 본 마르셀은

잃어버린 시간을 찾아서, 되찾은 시간 그리고 작가의 길

그것을 그저 귀엽다고만 생각하고 있었는데, 우연히 옆에 서 있던 의사 코타르가 그 춤이 심상치 않다고 한마디 던진 것이 그만 화근이 되었다. 이성애자인 마르셀의 눈에는 아무리 봐도 동성애자들끼리의 춤으로는 보이지 않는데 그것이 레즈비언들의 유희라니? 마르셀은 자신이 잘 알 수 없는 세계에 알베르틴이 속해 있다는 사실에 큰 충격을 받았다. 질베르트가 보여 주었던 미지의 세계는 그저 댄스나 구슬치기, 술래잡기 같은 단순한 놀이에 지나지 않았던 반면, 알베르틴이 보여 주는 이 미지의 영역은 아무리 노력해도 그가 동참할 수는 없는 세계였기 때문이다.

게다가 그 세계에는 연적이 있었다! 알베르틴이 여성과 나누는 사랑을 즐긴다구? 그렇다면 남성인 마르셀은 결코 그녀의 욕망을 충족시킬 수 없다. 알베르틴이 정말로 레즈비언이라면, 마르셀은 연적에 맞서 절대로 승리할 수 없을 것이다. 그녀에게는 있는 무기가 그에게는 없기 때문이다. 의사 코타르가 알베르틴을 동성애자로 지목한 그 순간, 마르셀은 완벽하게 자신을 소외시키는 세계가 눈 앞에 그토록 당당하게 버티고 서 있다는 사실에 분노에 가까운 질투를 느낄 수밖에 없었다. 아무리 펼치려고 해도 펼쳐지지 않는 세계가 있다니! 비극적이게도, 바로 이 이해 불가능성이라는 한계 조건이 그의 사랑을 부추겼다.

마르셀은 극도로 공격적인 질투에 사로잡혀 알베르틴의 행적을 추적하기 시작했다. 그는 그녀가 과거에 알고 지냈던 모든 친구들의 뒷조사에서부터 그녀가 방문했던 향락지에 떠돌던 추문까지를 샅샅이 추적하다가 끝내 그녀를 집 안에 가두기로 결심했다. 자기가 모르는 사이에 그녀가 어디서 무엇을 할지 모른다는 두려움을 도저히 참을 수 없었기 때문이다. 자기가 살고 있는 아파트의 방 몇 개만을 내어 주고는 이런저런 핑계를 대면서 알베르틴 혼자서는 아무 데도 못 나가게 했기 때문에, 마르셀과의 결혼을 꿈꾸었던 알베르틴은 혼전 동거라는 위험한 조건을 감수하고 그의 아파트에 짐을 풀 수밖에 없었다. 그런데도 마르셀의 의심은 멈추지 않았다. 그는 알베르틴이 잠들었을 때에만 겨우 평온을 얻을 수 있었다. 그녀의 눈이 보고 싶어하는 욕망의 현장들, 그녀의 입술이 감추려고 애쓰는 진실의 흔적들이 잠 속에 유폐될 때에야 비로소 질투에서 헤어 나올 수 있었던 것이다. 그는 단 하루도 편안히 잠들지 못하면서도 이 불행한 동거로부터 벗어날 수가 없었다.

한 사람은 질투와 불안을 동력으로 삼고, 한 사람은 부유한 결혼에 대한 약속을 대가로 삼는 불행한 동거생활. 전자는 애인을 감시하고 추궁하면서 사랑을 확인하는 새디스트, 후자는 결혼을 위해 진실을 추궁당하는 것에 만족하는 마조히스트가 될 수밖에 없는 관계였다. 결국 마르셀은 여느 부르주아가 골동품이나 사치품을 사들이듯이 알베르틴을 집 안의 정물로 만들어버리고 말았다. 하지만 소유되는 그 순간 알베르틴의 발랄한 젊음은 식어버렸고, 씩씩하고 겁 없던 그녀의 애정 표현은 공허하고 형식적인 것이 되어버렸다. 미지에 대한 동경과 호기심 때문에 시작된 사랑이었지만 시간이 흐를수록 추궁은 심해졌고 알베르틴은 더 깊은 침묵 속으로 숨어들었다. 마르셀은 알베르틴에게서 자신이 보고 싶은 것만 보려 했다.

마르셀의 사랑은 그녀를 자기와 똑같은 사람으로 만들려는 편협한 소유욕에 불과했다. 마르셀에게 동거나 결혼 약속이란 결국 자기가 원하는 방식으로만 살아 달라는 이기적인 요구였던 것이다. 처음에는 자신과 다르기 때문에 그토록 사랑스러워해 놓고는 이제 와서는 자신과 다르다는 사실이 참을 수 없어졌다니? 우리도 그가 나와 다르다는 사실, 즉 차이에 대한 욕망 때문에 사랑을 시작하지만 상대를 자신과 똑같은 존재로 바꾸려고 하는 동일시의 욕망에 사로잡힌다. 그런데 잘 생각해 보자. 도대체 누가 수인(囚人)인가? 알베르틴을 가두고 나서 정작 그 비좁은 아파트에 갇혀버린 사람은 마르셀이 아닌가! 절친인 생 루와 산책을 할 때에도, 게르망트 공작 부인과 담소를 나눌 때에도, 마르셀의 머릿속을 채운 것은 오직 알베르틴뿐이었다.

누구나 무수한 세계 속에서 살아가고 각각의 세계 속에는 저마다 다른 인연의 장이 펼쳐져 있다. 우리가 누군가를 사랑한다는 말은 그 세계들 전부를 적극적으로 만나면서 나의 세계들도 계속해서 변용시키겠다는 것을 의미한다. 사랑한다면서 그의 어떤 세계는 마음에 들어서 펼쳐 내고, 다른 어떤 세계는 무시한다는 것은 옳지 않다. 마르셀은 엘스티르와 친하고 패션 센스도 뛰어날뿐더러 상냥하기까지 한 알베르틴은 허락하면서 동성애라는 그녀의 또 다른 세계는 봉쇄하려고 애썼다. 사랑이 어떻게 이토록 이기적일 수 있을까. 물론 이성애자인 그의 입장에서는 동성애의 세계를 펼쳐 보일 능력이 아예 없었던 탓도 있었을 것이다. 이렇게 놓고 본다면 이성애자의 사랑이란 늘 불완전할 수밖에 없다. 이성애자는 상대가 동성애자인지 아닌지조차 포착할 수 없을뿐더러, 상대가 동성애자라면 그가 진정 원하는 쾌락과 교감의 세계에는 절대로 도달할 수 없기 때문이다.

이 사랑의 실패는 마르셀에게 중요한 교훈을 남긴다. 만약 마르셀이 알베르틴을 사랑하지 않았더라면 그는 동성애라고 하는 은폐된 세계를 짐작조차 할 수 없었을 것이다. 그는 알베르틴 덕분에 자신이 알 필요도 없었고 알 수도 없었을 그 세계의 존재를 알게 되었다. 말 그대로, 잃어버린 세계의 거칠고 생생한 숨소리를 들을 수 있게 된 것이다. 애초에 마르셀이 원했던 것은 하나였다. 충분히 사랑하고 사랑받는 것. 알베르틴을 선택했을 때 그는 상대가 품고 있는 여러 겹의 세계를 해독하면서 풀어낼 기대감에 차 있었다. 그런데 바로 이 시도가 원천 봉쇄됐고, 결국 마르셀은 자신 앞에 펼쳐지는 무한한 세계 앞에 무릎을 꿇어야 했다. 하지만 프루스트는 강조한다. 바로 이런 실연, 이런 좌절이야말로 우리가 사랑을 통해서 얻을 수 있는 최고의 배움이라고 한다. 내가 사랑하는 누군가가 나에게 완벽하게 타자라는 말이다.

마르셀은 스완과 오데트의 이야기를 되돌아보면서, 또 질베르트에 대한 자신의 어리석은 실패를 통해서, 어느 정도 사랑의 기술을 익혔다고 자신했었다. 매혹적인 대상을 향한 열렬한 갈망과 탐색이 그가 선택한 전략이었다. 애초에 도달 불가능한 영역이 있을 거라고는 예상하지도 못했기에 이 사랑의 실패는 그에게 엄청난 좌절감을 안겨 주었다. 이성애자가 사랑을 통해 느낄 수 있는 행복에 한계가 있다면 동성애자들은 완전하고 충만한 행복을 느끼며 살아간단 말인가? 마르셀은 이제 동성애자들의 세계를 살펴보아야만 했다. 비록 그 세계 안으로 들어갈 수는 없을지라도 말이다.

4. 샤를뤼스 씨의 남자들 : 지옥에서의 한철

『잃어버린 시간을 찾아서』에서 동성애의 문제를 집중적으로 다루는 편은 「소돔과 고모라」다. 소돔과 고모라는 성경에 나오는 도시의 이름으로, 소돔은 남자 동성애자들의 세계를, 고모라는 여자 동성애자들의 세계를 뜻한다. 「소돔과 고모라」는 마르셀이 사랑을 통해서도 구원을 찾을 수 없다는 것을 통절히 깨닫게 되는 장으로, 작품의 클라이맥스가 된다.

『잃어버린 시간을 찾아서』의 이러한 구성 자체가 당대의 문학적 관점에서 보면 상당히 놀라운 일이었다. '소돔과 고모라'라는 이름을 가진 이 장이 나오기 전에 프랑스 근대 문학사에서 동성애 문제를 본격적으로 다룬 작품은 전무후무했기 때문이다. 19세기 말과 20세기 초까지, 프랑스뿐만 아니라 유럽 전역에서 동성애는 사회적 금기였다. 이웃 영국의 오스카 와일드는 동성애 문제로 재판을 치러야 했고, 공식적으로 동성애를 인정했다는 이유로 온갖 모욕을 다 받았다. 결국 그는 창작의 에너지가 모두 고갈된 채로 비참한 죽음을 맞았는데, 이후로 오스카 와일드의 삶은 동성애자들을 경고하기 위한 도구로 전락하기도 했다.

물론 동성 간의 사랑이란 태곳적부터 있어 온 일이다. 성경을 신봉한 서양에서 공공연하게 동성애를 말하는 것이 금기였다고는 해도, 노골적으로 사회적 지탄을 받게 된 것은 근대 이후의 일이다. 19세기 말과 20세기 초에 핵가족 중심으로 사회 구조가 재편되자 재생산할 수 없는 관계, 부르주아의 핵가족 규범에 맞지 않는 이 사랑에 대해 특히 더 가혹한 비판이 일었기 때문이다. 이 시대의 동성애란 거의 천형에 가까운 패악이나 다름없었다. 그런데 이런 와중에 출현한 것이 바로 다음 장면이다.

샤를뤼스 씨와 쥐피앙의 눈길이 지닌 아름다움은 적어도 한순간은, 그 눈길에 무엇인가로 유도할 목적이 없는 것처럼 보이는 데서 오는 것이었다. 남작과 쥐피앙이 이런 아름다움을 나타내는 걸 보기는 처음이었다. 두 사람의 눈 속에 떠오른 것은 취리히의 하늘이 아니라, 내가 아직 알지 못하는 어느 동방 도시 하늘이었다. [중략] 그런 두 사람은 더욱 자연에 가까운 존재로 —— 이런 비유를 되풀이한다면 몇 분 동안 유심히 살펴본 한 인간이 연달아 인간에서 새 인간으로, 물고기 인간으로, 곤충 인간으로 보일 만큼 그 둔갑 자체가 극히 자연스러워 —— 마치 암수 두 마리 새처럼 수컷(샤를뤼스 씨)은 앞으로 나가려 하고, 암컷(쥐피앙)은 그런 술책에 더 이상 어떠한 신호로도 응하지 않으려 하면서, 새로운 벗을 놀라지도 않고 멍한 눈길로 바라볼 뿐, 수컷이 이미 첫발을 내디딘 이상 그다지 마음이 내키지 않은 듯이 쏘아보는 게 틀림없이 상대를 더욱 안타깝게 하는 유일한 유효책이라 판단하고는 제 깃털을 가다듬는 것으로 그쳤다. [중략] 샤를뤼스 씨가 큼직한 땅벌처럼 윙윙거리며 문을 지나가는 동안 다른 한 마리, 진짜 땅벌 한 마리가 안마당에 들어왔다. 그것은 난초꽃이 그토록 기다리던 땅벌이다. 그것 없이는 영영 숫처녀인 채로 있을 난초꽃을 위해 희귀한 꽃가루를 가져다주는 땅벌이었는지 누가 알랴? 프루스트, 「소돔과 고모라」, 『잃어버린 시간을 찾아서』 3권, 1645~1646쪽

이토록 뜨거운 구애를 보았나! 심지어 대귀족과 재봉사라는 신분 차이에도 불구하고 두 남자는 서로의 존재를 단번에 알아본다. 그리고 곧바로 열정적인 육체관계에 돌입한다. 마르셀은 그들의 사랑을 난초꽃과 땅벌의 수태에 비교한다. 그만큼 그들의 사랑이 자연스럽고 아름다웠기 때문이다. 둘 사이에는 아무런 가식이 없었으며 오직 상대를 향한 열정적 교태만이 있었다. 이 강렬한 만남 속에서 두 사람은 거짓없는 쾌락을 맛보았다. 마르셀은 샤를뤼스 씨와 쥐피앙의 관계를 여느 이성애자들의 관

계와 마찬가지로 순수하고 열정에 찬 사랑으로 볼 수 있었다.

　이 장면이 처음 발표되었을 때 수많은 평론가들이 칭찬을 아끼지 않았다. 그들은 난초꽃과 땅벌이라는 자연의 은유를 대단히 과학적이라며 칭찬을 아끼지 않았는데, 프루스트가 동성애를 이종(異種) 간의 결합, 즉 비정상적인 교합이라는 것을 제대로 설명했다고 오해했던 것이다. 여전히 세상은 동성애를 하나의 변태성욕쯤으로 바라보고 있었다. 프루스트의 동성애 또한 퇴폐적인 사회현상에 대한 객관적 묘사쯤으로 보아 넘기려 한 것이다.

　하지만 평론가들의 생각은 일차원적인 해석에 불과하다. 마르셀이 동성애의 정사를 어떤 수위에서 묘사하는가가 아니라 그들의 삶을 어떻게 회상하는가를 살펴본다면 이야기는 완전히 달라진다. 우선『잃어버린 시간을 찾아서』에서 동성애자들의 대표격인 샤를뤼스 씨는 그 누구보다도 순정남이다. 그는 사랑하는 모렐에게 부와 명예를 선물하기 위해서 고귀한 신분도 훌훌 벗어던진 채 이 재능 없는 바이올리니스트의 매니저를 자처했다. 심지어 모렐이 그를 돈만 아는 변태성욕자쯤으로 취급할 때도 모든 오해를 포용하고 자신의 애인을 이해하려 애썼다. 그가 보여 주는 모렐을 향한 배려심과 성실함은 허다하게 정부를 두고 사는 사람들의 과시적 사랑과는 질이 달랐다.

　다음으로 지적할 수 있는 것은 동성애자들이 만드는 인간관계다. 콩브레의 피아노 선생이었던 뱅퇴유 씨는 딸이 레즈비언이라는 것을 안 뒤부터 평생 전전긍긍하며 살아야 했다. 만약 그 사실을 들키기라도 하는 날에는 당장 피아노 교습 자리가 끊길 뿐만 아니라 딸의 혼삿길도 막히게 될 것이기 때문이다. 다른 재주가 아무것도 없는 이 불쌍한 딸이 자기가 죽고 나서 받을 비난과 멸시를 생각하면서 뱅퇴유는 한숨도 못 자는 날이 많았을 것이다. 결국 그는 깊은 상심과 번민 속에서 과로로 죽고 만다. 그럼에도 그 딸과 그녀의 애인은 상복을 입고 태연하게 자신들의 일탈적 사랑을 즐겼다. 죽은 뱅퇴유의 입장에서는 혀를 깨물고 다시 죽어도 시원찮을 일이 아닐 수 없다. 그런데 이 몹쓸 '패륜아' 딸은 얼마 지나지 않아 자신이 한때 어쭙잖은 반항심에서 아버지를 모욕했다는 것을 깨달았다. 그녀는 뒤늦게 아버지의 고통과 사랑을 깨닫고는 깊이 반성했으며, 두 아가씨 사이의 관계도 어느덧 연인에서 편안한 친구, 가족같이 친밀한 사이로 바뀌었다.

오랜 시간이 흘러 뱅퇴유 딸의 애인은 이 불쌍한 아버지에게 깊이 속죄하는 마음을 갖게 되었다. 그리고 그녀는 그 누구도 뱅퇴유를 위해서 해줄 수 없었던 일을 해내게 된다. 설형문자가 점점이 찍힌 파피루스보다 더 판독 불가능했던 뱅퇴유의 미완성 악보를 완벽하게 복원해 냈던 것이다. 그녀는 오랫동안 뱅퇴유의 집을 드나들면서 누구보다도 그의 음악을 많이 듣게 되었는데 덕분에 점점 더 그의 음악을 좋아하게 되었다. 그녀는 존경과 미안함, 그리고 고마운 마음을 담아 뱅퇴유가 이전에 작곡했던 모든 곡을 다시 들었고, 부분부분 찢기고 군데군데 낙서로 너덜너덜해진 최후의 악보 조각을 읽고 또 읽었다. 그런 엄청난 수고 끝에 "미지의 환희, 영원히 풍요로울 형식, 진다홍 빛으로 찬란한 '아침 천사'의 신비스런 희망"을 찾아내었다. 그럼으로써 그녀는 불행했던 한 작곡가에게 불멸의 영광을 안겨 주었다.

뱅퇴유 씨와 이 여인의 관계를 어떻게 설명하면 좋을까? '사회의 악덕'이라 치부되던 그 관계로부터 그 어떤 사제관계나 부녀관계에서도 볼 수 없었던 예술적 교감, 정신적 이해가 탄생했다. 사회가 인정하지 않는 관계에서도 얼마든지 지극한 감사, 극진한 연모, 견고한 유대감이 생길 수 있는 것이다. 마르셀은 동성애에 얽힌 이야기들을 되돌아보면서 동성애적 삶 자체가 특별한 것은 아니라는 것을, 심지어 동성애자들과 함께 더욱 진실한 사랑과 우정을 만들 수 있다는 것을 배울 수 있었다.

벨 에포크에 동성애자로 산다는 것은 어머니나 친구에게조차 자신의 사랑을 자랑할 수 없는, 어미 없는 아들이나 우정 없는 벗으로서 일생을 마감해야 한다는 것을 뜻했다. 그들은 거짓과 허위의 맹세 속에서 신음하다가 죽어 간다. 이들은 동성애자가 아닌 척하지 않으면 견딜 수 없는 환경에서 자신이 행하는 위선 때문에 고독했다. 쾌락을 통해 얻고자 하는 행복 앞에서 죄의식을 느껴야만 하는 불행한 삶이었다. 동성애, 그것은 한 시대가 몸서리치며 경멸했던 악덕, 완벽하게 배제하고 무시한 벨 에포크의 '잃어버린 사랑'이었다.

동성애의 본좌인 샤를뤼스 씨는 앞에서 살펴보았던 것처럼 남색가, 변태성욕자로 생을 마감한다. 화염에 휩싸인 파리의 한가운데서 남색가들만을 위한 러브호텔을 차려 놓고 도를 넘는 쾌락을 추구하면서 몰락해 간다. 샤를뤼스 씨는 허락받을 수 없는 자신의 사랑에 매몰된 채 그 누구에게도 자신의 사랑을 드러내놓지 못하는 비겁자로 죽었다. 이 시대에 동성애가 비집고 들어갈 틈은 없었고, 막대한 권력과 부를 갖고 있었던 샤를뤼스 씨는 그런 틈을 만들기 위해 아무런 노력도 하지 않았다. 사랑에 그어떤 한계도 두지 않는 자들, 소돔과 고모라의 시민들이야말로 위대한 행복을 맛볼 수 있는 자들이건만 그들은 결국 소돔과 고모라라는 자폐적 도가니에 빠져 허우적대다가 익사하고 말았던 것이다. 샤를뤼스 씨가 보여 주는 동성애란 지옥에서의 환락에 불과했다. 마르셀은 만민이 평등한 시대, 심지어 매춘부 오데트도 스완과 결혼할 수 있는 이 벨 에포크가 실은 진솔한 사랑의 활로를 폐쇄해버린 시대라는 것을 가슴 아프게 지켜보아야 했다.

『잃어버린 시간을 찾아서』 이전에 동성애를 이토록 자연스럽고 당연하게, 심지어 아름답게 그린 문학 작품은 전무했다고 해도 과언이 아닐 것이다. 때문에 이 작품이 발표된 이후에 용기를 얻게 된 문학가들이 제법 있었다. 당시 이미 거장의 반열에 올라 있었던 앙드레 지드도 그 중 한 사람이다. 동성애자였던 지드는 『잃어버린 시간을 찾아서』에 고무되어 동성애의 의미를 대화식으로 풀어 낸 철학 소설 『코리동』^{Corydon}을 썼다. 여기서 지드의 화자는 동성애자로 등장해 자신의 사랑을 적극적으로 변호하기 위해 최선을 다해 논변을 펼친다.

그렇다면 프루스트도 자신의 동성애를 변호하기 위해 「소돔과 고모라」를 썼던 것일까? 우리는 이 지점에서 마르셀이 동성애자가 아니라 이성애자로 나온다는 사실에 주목해야 한다. 마르셀은 프티부르주아 출신으로 평범한 교육을 받고 자란 사람이다. 프루스트는 마르셀처럼 벨 에포크의 '보통의 독자' 눈에 비친 사랑의 세계를 가지고 이야기를 전개한다. 마르셀의 회상 속에서는 이성애자도 동성애자도 모두 시대의 그물에 걸려서 허우적대느라 참되고 성실한 인간관계를 맺지 못하고 산다. 똑같이 불행한 삶! 그러므로 문제는 동성애냐 이성애냐가 아니라 '어떻게 사랑하고 헤어질 것인가'다.

그런 점에서 벨 에포크가 강요한 이성애는 실은 진정한 이성애라고 할 수 없다. 이성애 즉, 말 그대로 다른 성을 만나야 진정한 사랑이라고 주장해 볼 때 말이다. 부르주아 식 사회 도덕은 이성애라고 하는 오직 하나의 사랑만 강요함으로써, 우리가 타인을 만나는 방식에 한계를 그어버렸다. 정말로 이성애가 도래한다면 차별하고 혐오하지 않고 동성애가 도래하는 때일 것이다. 그런데 그렇게 되면 이성애니 동성애니 하는 구분 자체가 무화되겠지.오하시 요이치, 「호모포비아의 풍경」; 고모리 요이치, 『나는 소세키로소이다』, 한일 문학연구회 옮김, 이매진, 2006, 164쪽 참고.

프루스트는 「소돔과 고모라」라는 편을 통해 사랑의 본질이 타인을 만나는 일임을 남김없이 보여 주었다. 여러 결의 사랑을 통해 마르셀이 깨닫게 되는 것은 우리가 누군가를 사랑하는 마음에는 한계가 있을 수 없다는 점, 그렇기 때문에 우리가 사랑할 수 있는 방법 또한 무한하다는 점이다. 마르셀에게 동성애란 아직도 탐험해야 할 사랑의 세계가 참으로 무궁무진하다는 것을 알려 주는 하나의 창이었다. 프루스트는 분명 동성애자였다. 하지만 그가 보여 준 샤를뤼스 씨의 허무한 삶을 통해서 알 수 있듯이, 자폐적인 애욕을 통해서는 삶의 무상함을 극복할 수 없다. 그러나 동성애자든 이성애자든 사랑에 빠지면 도착적일 수밖에 없음을 발견하게 된다. 사랑을 믿는 이들에게는 미안하지만 사랑의 세계에서 본질적인 구원을 얻을 수는 없다는 것. 이게 마르셀의 깨달음이다.

5. 마르셀과 사라진 알베르틴 : 역류하는 망자의 사랑

마르셀은 수많은 속물적 의례들이 빼곡히 채워져 있는 살롱만큼이나 사랑의 세계 또한 엄청난 규범과 금기로 가득 차 있다는 것을 알 수 있었다. 마르셀도 알베르틴을 동성애의 세계로부터 구출해 내야 한다는 사명감 때문에 그녀의 생기발랄한 아름다움을 화석화시키지 않았는가. 그는 알베르틴에게 단 한 번도 그녀의 애인들에 관해 직접 묻거나 동성애를 주제로 대화를 시도하지도 못했다. 동성애를 인정한다는 것 자체가 공포스러웠기 때문이다. 마르셀은 자신을 한없이 따스하게 바라보고 안쓰러워하는 알베르틴의 마음을 느끼면서도 애써 그녀를 무시했다. 마르셀은 사랑에 대한 자신의 편견에 갇혀서 알베르틴의 진심을 서서히 놓치게 된다.

알베르틴이 어느 날 아침 소리 없이 마르셀의 아파트를 떠나버렸던 것이다. 그리고 불행히도 알베르틴은 마르셀과 다시 결합하여 새롭게 사랑을 시작하기로 결심한 직후 죽고 만다. 그것도 마르셀이 선물로 사준 말을 타다가 낙마한 탓에 말이다. 알베르틴의 갑작스러운 죽음으로 마르셀은 이 지독한 사랑으로부터 벗어날 기회를 얻은 듯했다.

그런데 놀랍게도 그녀의 죽음과 함께 지독했던 사랑의 제2부가 시작된다. 자신의 연적이 어디선가 알베르틴을 만나고 있을지 모른다는 망상이 들기도 했고, 누군가가 그녀를 추억하고 있을지도 모른다는 사실이 점점 더 참기 어려워졌다. 마르셀의 질투는 알베르틴이 살아 있을 때보다 훨씬 더 심하게 불타올랐다. 그도 그럴 것이 이제는 알베르틴이 죽고 없기 때문에 더 이상 그녀를 원망할 수도, 비난할 수도, 심지어 그녀를 용서해 줄 수도 없었던 것이다. 마르셀은 질투로 더욱 고통받으면서 망자의 과거를 향한 추적을 계속해 나갔다. 그의 마음속에서 없애야 할 것은 한 명이 아니었다. 수많은 알베르틴을 하나하나 회상해서 억지로 그 기억을 죽여야만 했다. 그러나 그녀의 과거를 증언해 주는 갖가지 소식들이 날마다 그의 방문 앞에 도착했으며, 그 편지들과 함께 망자의 사랑은 거듭거듭 그의 마음속으로 역류해 들어왔다. 그렇게 마르셀은 알베르틴의 과거 속에 스스로를 유폐시킨 채 돈과 정력을 허비하면서 세월을 보냈다.

사랑하는 대상이 없는데도 사랑하는 관계가 지속된다니? 죽고 없는 연인을 향해 계속 질투를 느낀다는 것은 무엇을 의미할까? 마르셀은 대상을 향한 자신의 애정과 미움 등이 여전히 살아 있다면 그 존재가 결코 죽었다고 할 수 없다는 사실을 알게 된다. 거꾸로 질베르트는 여전히 살아 있었지만 더 이상 그녀에게는 아무런 감정을 느낄 수 없으니, 마르셀에게 그녀는 죽은 존재나 다름없었다. 관계에서 중요한 것은 실제 생사여부가 아니다. 우리가 누군가를 망각하지 않는다면, 여전히 그 존재 때문에 번민하고 고통받고 웃거나 눈물 흘리고 있다면, 그는 여전히 내 삶 안에서 돌아다닌다. 누군가에 대한 내 사랑이 죽어야만 비로소 그 존재의 죽음이 가능하다.

　무엇이 사랑을 죽이는가? 나의 의지? 상대방의 거절? 둘 다 아니다. 정답은 바로 시간이다. 알베르틴에게서 받았던 최악의 고통도, 그녀를 통해 느꼈던 최고의 기쁨도, 결국에는 손 안에서 모래가 빠져나가듯 다 사라져 갔다. 오랜 시간이 흐른 어느 날, 그는 죽은 알베르틴으로부터 편지를 받고(그것은 질베르트의 편지를 착각한 것이었다) 전혀 반가워하지 않는 자신을 발견했다. 집요한 추적 끝에 알베르틴이 그 누구보다 자신을 사랑했다는 것을 알 수 있었지만 이제는 그 사실도 그리 대단치 않게 여겨졌다. 그녀의 아름다움, 그녀의 따사로움, 그녀의 친절함──그녀가 남긴 한 알 한 알의 과거가 가끔씩 되돌아왔지만 거기에는 더 이상 아무런 맛도 없었다. 망각의 힘을 거스를 수 있는 것은 아무것도 없다. 마르셀은 그토록 험난했던 지난 몇 년이 마치 타인의 일처럼 아득하게 느껴졌다. 타인의 일이라고? 그렇다. 그녀에 대한 내 사랑이 죽었으므로 그 시절의 나 역시 죽은 것이다. 그는 더 이상 내가 아니다.

'시간은 모든 것을 해결한다.' 이 말은 시간만이 갖고 있는 위대한 능력, 즉 망각작용에 대한 찬미라고 할 수 있다. 그런데 뭔가를 망각한다는 것은 그 어떤 것을 기억하고 있던 자신의 소멸이기도 하다. 마르셀은 알베르틴을 향한 사랑이 서서히 사라지는 것을 느끼면서 망각을 통해 자신의 자아가 바뀌었음을 알게 된다. 망각은 우리의 자아를 바꾼다. 달리 말하면, 이전의 삶을 죽이고 새 삶을 준다. 우리의 자아는 망각과 함께 새로 태어나고, 덕분에 삶은 수많은 자아들이 복잡하게 서식하는 초원이 된다. 우리의 애정이 식는 것은 상대방이 죽기 때문이 아니라, 그녀를 사랑했던 우리 자신이 죽는 까닭이다. 그러므로 수없이 많은 이별을 한 사람은 수없이 많이 자신을 떠나보낸 사람이 된다.

알베르틴의 사라짐, 그것은 그녀를 사랑했던 마르셀 자신의 사라짐이었다. 시간은 가장 풍요롭고 행복한 순간을 앙상한 뼈대로 부패시키지만, 동시에 너무나 고통스럽고 황폐한 순간도 평범한 일상사로 부풀리는 힘을 갖고 있었다. 마르셀은 시간과 치른 고된 전투 끝에 삶의 무상함을 더욱 깊이 느끼게 된다.

잃어버린 시간을 찾아서, 되찾은 시간 그리고 작가의 길

스완과 오데트, 마르셀과 질베르트, 샤를뤼스 씨와 모렐, 마르셀과 알베르틴. 모든 사랑은 허무하게 끝이 났다. 사교계의 속물주의에 환멸을 느꼈던 마르셀에게 사랑의 세계도 헛되기는 마찬가지였다. 영원한 사랑은 어디에도 없으며, 사랑의 세계를 통해서는 타인의 숨겨진 세계, 내가 잃어버리고 사는 시간을 온전히 되찾을 수 없다. 모든 열정은 시간의 힘에 녹아내리기 마련이고, 모든 깨달음은 너무 늦게 찾아온다. 마르셀은 자신이 갑자기 너무나 늙어버렸음을 깨닫게 된다. 사회적 삶에서도 내적인 삶에서도 행복을 찾을 수 없다면 이제 남은 것은 무엇인가? 가만히 앉아서 죽음을 기다리는 일뿐이란 말인가?

6. 평범한 사랑이 위대한 우정보다 낫다

『잃어버린 시간을 찾아서』를 마르셀의 편력기로 읽다 보면 「사라진 알베르틴」에서 그가 맛본 허무감이 얼마나 쓰디쓴 것인지를 보다 확실하게 알 수 있다. 그는 삶의 덧없음을 느끼며 구원을 찾기 위해 열심히 자신의 과거 속으로 되돌아갔다. 하지만 알베르틴과의 사랑은 시간의 무서운 파괴력을 확인시켜 주었을 뿐이다. 그렇다면 살롱의 세계와 사랑의 세계는 동일한가? 그렇지는 않다. 마르셀은 그 누구와도 온전히 사랑을 나눌 수 없었음에도 불구하고, 사회적 삶보다는 사랑을 통해서 비로소 진정한 성숙에 이르게 된다는 점을 깨달을 수 있었다. 왜인가?

마르셀이 밤잠을 설치면서 사랑했던 질베르트나 알베르틴, 그리고 한없이 동경했던 게르망트 공작 부인은 객관적으로 보아 마르셀에게 사랑받을 만한 지성도, 미모도 갖고 있지 않았다. 프랑수아즈는 왜 이런 여자들 때문에 쓸데없이 시간과 돈을 낭비하느냐고 마르셀을 구박하곤 했다. 하지만 어쩌랴? 자신처럼 지적이고 교양 있는 앙드레에게는 전혀 매력을 느낄 수가 없는 것을. 알베르틴이 충분히 똑똑하지 못하다는 것, 가난한 고아이기 때문에 자신의 취향을 현실로 만들 능력이 없다는 것, 그녀의 허영과 그녀의 동성애―그 모든 것은 마르셀이 가질 수 없고 알 수 없는 것들이었다. 마르셀은 알베르틴처럼 자신이 가닿을 수 없는 여인에게만 매력을 느꼈다. 오직 미지의 여인을 통해서만 영감을 얻을 수 있었다. 그런 여인만이 그를 사유하고 행동하도록 이끌었기 때문이다.

평범한 사랑이 위대한 우정보다 낫다! 우정의 세계에서 우리는 각자의 가치관, 철학, 생활방식에 동의하고 그것을 인정한다. 생 루는 마르셀이 외투 없이는 외출할 수 없는 사람이라는 것을 단 한순간도 잊지 않았다. 하지만 마르셀은 이토록 친절한 친구와 함께 있을 때조차도 위안과 안락 이상을 느낄 수 없었다. 고민, 갈등, 충격 그런 번민이 완벽하게 소거된 상태. 그것이 마르셀에게는 우정의 세계였다. 그런 평온한 세계에서는 생 루가 어떤 사람인지를 전혀 고민할 필요가 없고, 생 루가 속한 세계를 잘 몰라도 전혀 문제되지 않았다. 생 루와는 평생을 두고 교류할 수 있겠지만, 매일매일 그와 나누는 대화란 한순간의 공허를 끝없이 되풀이하는 일이 될 것이다. 마르셀은 오직 나를 괴롭히는 연인만이, 불멸의 밤을 선물하는 잔인한 애인만이 자신을 사유하게 하고 세상을 더 탐구하고 싶게 만든다는 사실을 가슴 아프게 깨닫는다.

사랑이야말로 우리를 우리 자신으로부터 떠나게 한다. 마르셀은 자신이 옳다고 생각한 모든 것이 결국은 누군가의 말, 어떤 책의 가르침, 무언의 통념들에 불과하다는 것을 사교계의 허랑한 삶과 여러 사랑의 풍경들을 통해 배웠다. 그러한 선험적인 앎이야말로 오늘을 충실하게 살 수 없도록 하는 방해꾼이다. 나의 두 발과 손으로 세상을 맛보려면, 일단은 지금 내가 갖고 있는 통념들을 떠나야 한다. 이때 우리를 정신적 육체적 한계까지 밀어붙이고 그것들을 뛰어넘게끔 추동하는 힘이 바로 사랑이다. 타인이 품고 있는 낯선 세계를 펼쳐 보이고 싶다는 욕망이 내가 서 있던 익숙한 세계를 박차고 나가도록 만든다.

사랑을 둘러싼 대부분의 판타지와 달리 『잃어버린 시간을 찾아서』의 연애 풍경은 아름답지 않다. 대신 연인들 사이를 감도는 불안, 공포, 혼란만이 있다. 오죽했으면 마르셀이 차라리 알베르틴이 날마다 자기 곁에서 잠만 잤으면 좋겠다고까지 토로했겠는가. 하지만 이 불신, 불편, 고통 속에서 마르셀은 사랑에 대해 성찰한다. 너무나 이해하기 어려운 연인 덕분에 자신의 말과 행동을 다른 관점에서 바라보게 된다. 우리는 이처럼 나를 괴롭히는 상대방 때문에 사랑에 대해 배운다. 이때의 배움이란 나라는 실체, 사랑에 대한 사전적 정의를 경험으로 확인한다는 말이 아니다. 마르셀 식의 사랑, 알베르틴 식의 사랑, 그 각각의 사랑들에 대해 통찰한다는 것을 의미한다. 사랑의 희로애락과 생로병사의 온갖 풍경들 속에서 상대방과 나 자신을 끊임없이 재발견한다는 것을 뜻한다.

마르셀에게 사랑은 한계에 이르는 길이다. 작품에서 사랑하는 남자들은 모두 자신의 무능력에 절망한다. 그들은 모두 그녀 앞에서 자신이 한없이 부족한 존재라고 생각한다. 프루스트는 말한다. 자신에게 없는 모든 것을 깨닫게 해주는 힘, 그것이 바로 사랑이라고. 작품 안에서 결핍 없이 사는 사람들은 아무것도 알려고 하지 않았다. 언제라도 값비싼 빨간 드레스를 사 입을 수 있는 게르망트 공작 부인은 패션에 대해 별다른 안목이 없었지만, 너무나 가난해서 언제나 같은 드레스를 입고 파티에 나갈 수밖에 없었던 알베르틴은 당대 패션에 대해서 최고의 지식과 안목을 갖고 있었다. 마찬가지로 온전히 자신의 비밀을 다 알려 줄 수 없었던 알베르틴이 있었기에 마르셀도 사랑의 본질을 통찰할 수 있었다.

너무나 아파서 날마다 고통의 시간과 싸워야 했던 프루스트, 그야말로 진정 건강에 대해 생각하고 고민했을 것이다. 풍요 속에서는 아무것도 발견할 수 없다. 한계와 절망만이 우리를 가르쳐준다. 그런 의미에서 실패한 사랑이야말로 마르셀에게는 사유와 배움의 교실이었다. 자신을 새롭게 바꾸고 낯선 삶을 살고자 하는 자들이여, 두려움 없이 사랑에 실패하시기를!

4장

되찾은 시간─예술과 수련

1. 되찾는 시간, 배움

허위로 가득 찬 사교계의 세계를 통해서도, 오해로 쌓은 사랑의 누각을 통해서도, 그 어떤 과거를 통해서도 마르셀은 깨달음을 얻을 수 있었다. 비록 우리가 매 순간 시간을 잃어버리고 살아가고 있을지라도 과거는 언제나 새로운 진실을 안고 되돌아오는 것이다. 문제는 이 모든 깨달음들이 모두 너무 늦게 찾아온다는 점에 있다. 벨 에포크의 속물주의와 사랑의 본질을 깨달은들 이미 허비해버린 살롱에서의 세월과 죽어버린 알베르틴을 되살려낼 수는 없으니까. 게다가 이렇게 되찾게 된 깨달음이 무슨 소용이 있는가? 진리만 잔뜩 짊어지고 살면서 현실 속에서는 결국에는 또 시간을 잃어버리면서 사는 일상을 반복해야 할까? 마들렌 과자 한 입으로 시작된 이 시간 여행은 오히려 마르셀을 우울하게 하는 듯했다.

그런데 마르셀이 모든 것은 허무하다는 결론을 내리려는 찰나, 자신이 아무 짝에도 쓸모없는 인간이며 문학 따위에는 그 어

잃어버린 시간을 찾아서, 되찾은 시간 그리고 작가의 길

떤 희망도 없다고 결론 내리려는 바로 그 순간, 갑자기 어떤 계시가 그를 찾아왔다. 자신을 잊지 않고 불러주는 게르망트 가문의 마티네에 참석하기 위해 저택의 안마당으로 들어섰을 때였다. 마르셀은 갑자기 돌부리에 걸려 넘어졌는데, 순간 갑자기 우둘투둘한 돌멩이의 촉각적 충격과 함께 베네치아의 산 마르코 광장 포석과 발베크 호텔의 빳빳한 냅킨과 해변의 신비로운 나무들, 심지어 콩브레에서 맛본 마들렌 과자의 맛까지 연속적으로 생생하게 되살아났다. 그것은 하나의 완벽하고도 아름다운 시간의 윤무였다. '맑고 소금기 있는 환상'이 '푸르스름한 유방 형태로 부풀어' 오르고 청록색 바다의 날개가 공작의 꼬리처럼 펼쳐졌다. 이토록 황홀한 과거의 재생이라니! 이 기쁨은 그때 그 순간에는 어쩐지 지치고 서글퍼서 충분히 느낄 수 없었던 것들이었다. 그것은 순수하고 비구상적인 환희 그 자체였다. 도대체 이 기쁨의 원인은 어디에 있는 것일까? 어째서 이 기쁨은 사교계나 사랑의 세월이 가져다준 깨달음보다 훨씬 더 깊은 충만함을 주는 것일까?

마르셀은 따져 보기로 했다. 과연 돌멩이에 걸려 넘어진 모든 사람이 자신과 같은 기쁨을 느낄 것인가? 아마 그렇지는 않을 것이다. 따라서 돌멩이라는 객관적 대상은 기쁨의 원인이 될 수 없다. 그렇다면 원인은 마르셀에게 있는가? 분명 그가 발베크, 베네치아, 콩브레에서 보낸 시간이 없었더라면 이와 같은 기쁨은 일어나지 않는다. 그러나 그가 돌멩이에 걸려 넘어지기 전까지 그의 과거는 무의미했다. 그렇다면 마르셀이 원인이라고도 할 수 없다. 도대체 원인은 어디에 있나?

마르셀이 내린 결론은 이것이다. 우리가 자연이나 사회, 연애나 예술 등에 대해 가장 무심할 때조차 우리가 받는 인상은 항상 두 겹으로 되어 있다. 하나는 대상의 꼬투리 속에 싸여 있고 다른 절반은 우리만이 알아볼 수 있는 우리 자신의 마음속에 감싸여 있다. 이 각각의 인상들이 하나로 마주칠 때 비로소 어떤 효과(기쁨이나 행복감, 슬픔이나 우울함)가 펼쳐진다. 그러므로 객관적 대상과 주관적 존재 사이의 마주침이야말로 행복감의 원인이랄 수 있다.

마르셀에게 이것은 참으로 중요한 깨달음이었다. 스완이나 샤를뤼스 씨에게도 이런 환희가 왜 없었겠는가? 오늘을 사는 우리도 시내버스 손잡이를 잡다가 문득, 산책길에서 우연히 음악 소리를 듣다가 문득 어떤 충만한 기쁨에 사로잡힐 때가 있다. 그런데 스완은 뱅퇴유 소나타를 들으면서 자신이 느낀 행복감의 원인이 뱅퇴유 소나타에 있다고 생각했다. 그래서 소나타를 연주하는 살롱만 찾아다니다가 세월을 보냈건만 기쁨을 재생할 수도 행복의 원인을 파악할 수도 없었다. 하여 죽을 때까지 뱅퇴유

칭찬만 하다가 삶을 마감했던 것이다. 마르셀이 보기에 대체로 많은 사람들은 자신들이 인상을 통해 받는 여러 가지 감정들의 원인을 객관적 대상에게 돌리는데, 바로 거기에 문제가 있었다. 분명 그것은 편하고 쉬운 길이다. 하지만 우리가 인상을 통해 받는 행복의 원인을 객관적 대상에게 돌리는 한, 우리는 이 소중한 행복의 실체를 끝내 알아차리지 못하고 허공으로 날려버릴 수밖에 없다. 보다 정성을 들여서 들여다보아야 할 것은 과거의 한순간이 우리 마음속에 파 놓은 도랑이다.

다시 돌멩이 이야기로 되돌아가 보자. 분명 돌멩이 없이는 이런 행복이 발생하지 않는다. 단지 내 마음만 들여다본다고 해서 이 행복이 재생되지 않는다. 뒤늦게 찾아온 알베르틴의 전보(당신을 사랑해요!) 같은 것이 아니라, 왜 아무 짝에도 쓸모없는 돌멩이란 말인가? 알베르틴이 감춘 거짓의 흔적을 찾기 위해 되살려냈던 과거는 비참하고 허탈한 기분만을 안겨 주었다. 비밀은 돌멩이의 무의미성, 그것의 무용성에 있었다. 일상에서 우리는 유용성에 따라 대상을 판단한다. 집으로 가는 길에 대수롭지 않게 보던 고사리가 갑자기 의미 있는 대상으로 바뀌는 것은 선생님이 고사리의 사생활에 관해 조사하라는 숙제를 내줄 때다. 우리의 인식은 유의미성이라는 기준을 따르면서(숙제의 대상), 이성적으로(고사리의 사생활이라는 기준), 특정한 기억(교과서의 가르침)을 반복하게 된다.

하지만 유용성의 관점을 떠나 대상을 있는 그대로 접하게 되면 어떤 일이 벌어질까? 건물 귀퉁이에 삐죽이 고개를 내밀고 옹기종기 모여 앉아 있는 고사리의 작은 키들, 우둘투둘하게 굽고 말아 올린 등과 검푸른 듯도 하고 회갈색인 듯도 한 색감, 이런 고사리의 인상은 우리에게 무엇을 줄까? 누군가는 음지 식물의 운명을, 누군가는 식물의 무리 생활을, 누군가는 그들의 훌륭한 생명력을, 누군가는 일용할 양식을 펼쳐 낼 것이다. 딱히 목적을 갖지 않는 시선 속에서 고사리는 보다 더 다양하고 풍요로운 의미를 띤 존재로 보이는 것이다. 그렇다. 지성에 의해서 파악할 수 있는 존재의 의미는 모두 한정적이다. 반면 무용하고 감각적인 대상들은 보다 풍요로운 진실들을 펼쳐 낸다. 이제 마르셀은 자신이 왜 지난 세월 동안 이와 같은 환희의 순간이 찾아올 때마다 번번이 그 이유를 알 수 없었는지를 깨달을 수 있었다. 그것은 실용적인 관점에서 기쁨을 해석해 왔기 때문이었다.

이제 새로운 배움의 원리를 정리해 볼 수 있겠다. 지금까지 마르셀에게 배움이란 사교계 생활과 연애라는 것 자체를 이해하려고 애쓴 끝에 얻을 수 있었던 목적 지향적 깨달음들이었다. 하지만 유용성을 떠나 돌멩이와 같이 무용하고 감각적인 대상과의 조우에 집중한다면, 보다 풍요로운 차원의 배움을 얻을 수도 있다. 게다가 이런 배움은 현재를 뒤늦은 후회와 허무한 각성의 시공간으로 만들지 않는다. 현재란 돌멩이와의 마주침이 일어나는 현장, 우연한 마주침의 무대로서 그 자체로 충만한 시공간이 될 것이기 때문이다.

이제 마르셀에게는 단 하나의 과제만 남게 되었다. 어떻게 지성이 아니라 감각을 통해 세계를 다시 체험할 것인가? 어떻게 과거-현재-미래라는 단선적 인과를 초월하여 시간의 여러 차원을 펼쳐 낼 수 있는가? 그런 일을 할 수 있다면 죽음도 두렵지 않을 텐데! 어딘가에서 돌멩이 하나가 갑자기 발목을 잡기만을 기다릴 수는 없는 노릇이다. 마르셀은 능동적으로 그런 일을 할 수 있는 존재가 되어야만 했다.

2. 되찾은 시간, 예술

돌멩이는 분명 지성을 떠나 시간의 여러 차원을 동시적으로 펼쳐 낼 수 있는 계기가 된다. 하지만 여기에는 커다란 함정이 있다. 시간들을 펼쳐 낼 수 있다고 해도 그러한 펼쳐짐 자체가 순간에 그치고 말기 때문이다. 펼쳐진 모든 시간은 다시 휘발되어 사라져버린다. 과거나 미래의 단선적 인과(因果)에 사로잡히지 않는 순간은 말 그대로 순간, 즉 무상한 찰나에 그치고 마는 것이다. 마르셀은 배움의 논리를 새롭게 깨달았지만 어느새 자신이 전날과 다름없이 파티장 한가운데에 들어와 있음을 알 수 있었다. 현재란 얼마든지 시간의 윤무가 일어날 수 있는 시공이지만, 가만히 있으면 그런 윤무도 환영처럼 왔다가 가버리기만을 반복할 것이다.

마르셀은 이 펼쳐진 시간을 어떤 식으로든지 육화해야 함을 느꼈다. 우리가 시간을 얼마든지 펼쳐 낼 수 있다는 것을, 현재야말로 진리의 바다라는 이 깨달음을 어떤 정신적 등가물로 전환

할 필요가 있었다. 경험하고 있는 세계는 지금 사라지는 중이다. 어떻게 하면 찰나를, 깨달음을, 영원한 형식으로 붙들어둘 수 있을까? 마침내 마르셀은 자신의 답을 찾게 된다. 그럼으로써 허무했던 자신을 구원할 길을 발견했다. 그것은 바로 예술이었다.

왜 예술이어야만 하는가? 예술은 우리를 지성의 세계에 가두지 않는다. 이른바 '인문과학'이 세계를 논리적으로 규명하려고 한다면 음악과 회화는 감각적으로 세상을 포착해 낸다. 그런데 바로 그러한 포착 속에서 실용적인 모든 관심이 제거된 대상의 다차원적인 모습이 드러난다. 감각적 세계를 다루는 예술은 하나의 대상이 속해 있던 여러 개의 이야기들을 동시적으로 풀어내는 힘을 지니고 있는 것이다.

판에 박힌 지식, 점점 더 우리를 사물의 본질로부터 멀어지게 만드는 생기 잃은 가르침들, 참된 예술은 바로 이것들에 의해 가려진 진리를 되찾아 준다. 일상 속에서 우리는 수많은 행복과 슬픔을 맛보지만 당장에는 그것에 침잠한 채로 허우적댈 수밖에 없고, 나중에 그것을 다시 느낄 때에는 그것의 소용없음에 한탄하며 허탈해하기가 일쑤다. 인상들을 어떤 진리로 밝혀 보지 못하고 세월의 흐름에 떠밀려 가면서 사는 것이다. 하지만 우리가 유용성의 차원을 떠나서 이 하나하나의 인상들을 현상할 수 있다면 이야기는 달라진다.

이제 마르셀은 뱅퇴유 소나타를 들으면서, 엘스티르의 그림 앞에서, 베르고트의 문장 속에서 자신이 느꼈던 것이 무엇인지를 깨달을 수 있었다. 그것은 바로 뱅퇴유나 엘스티르, 베르고트가 보았던 백 가지의 세계였다. 이들 예술가들은 자신의 운명과도 같은 감각들(음, 색, 심상)을 다듬고 다듬어 그 세계를 보여 주는 그들만의 건판을 만들었던 것이다. 예술의 스타일, 예술가의 문체란 그들 건판의 고유한 형태와 촉감인 것이다. 이런 개성 있는 건판이야말로 예술가가 죽고 난 뒤 수 세기가 지난 뒤까지도 여전히 진리의 특수한 광선을(뱅퇴유 식의, 엘스티르 식의, 베르고트 식의) 보내줄 수 있을 것이다. 그리하여 예술이라는 건판은 지성을 통해서는 결코 포착할 수 없는 존재의 잃어버린 시간들을 발견하고 되비추면서 되찾아 주리라. 그렇게 되찾은 시간은 예술 속에서 영원한 생명력을 얻게 된다.

우리가 경험하는 삶은 유한하지만 예술은 무한하다. 오직 예술만이 갖가지 진리들로 충만한 이 현재를 우리에게 되돌려 줄 수 있다. 그렇기 때문에 예술은 사교계에서의 명성, 친구와의 즐거운 대화, 애인과의 뜨거운 열애, 발베크를 향한 기차 여행 같은 갖가지 일상적 기쁨과는 비교도 되지 않는 다채롭고 풍요로운 행복을 가져다준다.

3. 음악가 뱅퇴유 — 자신에게 던지는 천 번의 질문

우리의 삶은 허무하다. 세월이 모든 것을 흘려보내기 때문이다. 반면 예술은 삶에서 본질적인 것들을 포착하고 다시 펼쳐 낸다. 문제는 이런 예술 작품을 어떻게 창조할 수 있을까 하는 것에 있다. 예술을 해야겠다고 결심한다고 해서 갑자기 훌륭한 걸작을 만들 수 있을까? 시간 안에 펼쳐진 진리를 포착하는 일, 흘러가 버리는 것들의 영원성을 드러내는 일, 그것은 행운이나 천부적 재능을 필요로 하는 것일까? 예술가는 순간순간이 지복(至福)이 될 그런 삶을 어떻게 만드는 것일까?

마르셀은 자신의 운명을 『천일야화』의 이야기꾼에 비유한다. 날마다 사형 집행을 연기하는 마음으로 오직 글을 쓰는 밤만을 위해 하루하루를 살아야만 한다고 말이다. 보다 많은 사람에게 쓰는 편지, 한밤에 깨어 쉴 새 없이 글을 써 나가는 삶. 마르셀의 운명은 만만치 않다. 그는 작가가 되기 위해서는 마치 전장에 나가는 장수처럼 부단히 자신의 힘을 재집결해야 한다는 것을 깨달았다. 고생을 견디듯 자신의 글을 견디고, 어떤 법칙이 따로 있다는 듯 작품에 순종하고, 고딕 성당을 지어 올리듯 글을 건축하고, 장애물을 넘어가듯 자신의 문장을 넘어가고, 아이에게 양분을 주듯이 영양을 공급하고…. 정말 다양하고도 끝없는 노력, 거의 글쓰기에 대한 경배에 가까운 인종(忍從)이 필요하다는 것이다. 예술가가 된다는 것은 전심전력으로 고독 속에서 자기를 공정해가는 작업인 것이다.

사교계를 회상했을 때, 알베르틴의 과거를 추적하거나 샤를 뤼스 씨의 삶을 되돌아보았을 때, 그때에도 과거는 생생히 되돌아왔다. 마르셀은 사회적 삶이라든가 사랑에 대해 많은 것을 깨달을 수 있었다. 하지만 그런 방식으로 시간의 동시성을 체험하고 진실을 깨닫는 것은 삶에서 본질적인 것을 포착하고 펼쳐 내는 일은 아니다. 「되찾은 시간」에서 마르셀은 예술의 의미보다 예술가의 삶에 대해 더 진지한 고민을 한다. 모든 것을 체험하더라도 그것이 예술이 될 수는 없다. 예술은 예술가의 수련에 의해 새로워진 경험이다. 그가 함께 세월을 보낸 예술가들은 창의적 영감이나 자신의 재능에는 전혀 관심이 없는 사람들이었다. 대신 자신의 감각과 철저한 노력에만 의지하면서 작업하는 예술의 수련자들이었다. 어째서 예술가는 수련하지 않으면 안 되는가? 자기를 조형해 가지 않으면 안 되는가? 지금부터 마르셀의 스승들을 만나보자.

　첫번째 스승은 음악가 뱅퇴유 씨다. 그는 콩브레의 피아노 선생님이었다. 표정은 늘 어두웠고 이웃들과의 교류도 거의 없었다. 언제나 두꺼운 외투깃을 올리고 고개를 푹 수그린 채 자신의 앞발만 보면서 서둘러 귀가하는 시골 사람, 딱 그렇게 보이는 사람이 뱅퇴유 씨였다. 자신의 집에서 좀처럼 나오지 않는 이 소심한 피아니스트는 오래전에 아내를 잃고 혼자 딸 하나를 키우고 있었다. 마르셀은 뱅퇴유가 죽고 난 어느 날 우연히 산책길에서 이 딸의 비밀을 엿보게 된다. 그녀는 바로 동성애자였다. 뱅퇴유는 살아 있을 때 세상과 딸로부터 완전히 외면당했었다. 그런데 그가 죽기 얼마 전부터 그의 음악은 천천히 부르주아 살롱에 받아들여지더니, 항상 새로운 것을 추구하던 마담 베르뒤랭의 놀라운 감식안을 만족시켰다. 결국 뱅퇴유의 음악에 대해 사람들은 이렇게 말하기 시작했다. "마치 사랑의 거대한 바다가 소리로 육화된 듯하다!"

　뱅퇴유의 7중주곡은 미지의 세계를 선사했다. 여명의 신비로운 희망은 온 하늘을 물들이면서 대기를 찢는다. 시시각각으로 달라지는 기온과 대기의 움직임은 여명이 안겨준 희망을 천천히 녹여버리는 듯하다. 그러나 정오가 되자 돌연 모든 행복의 둑이 터져버린다. 우렁찬 종소리가 조용한 공기를 진동시키듯,

장엄하게 사랑의 기쁨을 활활 태워 올리고 만다. 뱅퇴유의 음악은 진지하면서도 돌발적이었다. 익숙한 여러 음조를 사용하면서도 완전히 새로운 태도로 과감하게 음 하나하나를 재창조하고 있다. 분명 뱅퇴유는 음침하고 소심한 사나이였건만, 어떻게 그의 음악은 이토록 장엄하고 폭발적인 방식으로 사랑을 찬미할 수 있었을까?

뱅퇴유는 이 7중주곡을 딸의 악덕 때문에 가장 번민했던 시절에 창작했다. 그는 동성애를 철저히 단죄했던 사회적 통념이 자신에게 가하는 수치와 모욕을 감당하면서, 밤낮을 가리지 않고 사랑에 대해 묻고 또 물었다. 그는 딸을 원망하지 않았고 오직 자신의 길, 음악의 세계에서 답을 구하려고 했다. "언제나 새롭고자 무척 애쓰면서 자기 자신에게 묻고, 온 힘을 다해 창조에 매달리며 저 자신의 깊은 본질에"프루스트, 「갇힌 여인」, 『잃어버린 시간을 찾아서』 4권, 2452쪽 다다르려고 애썼던 것이다. 마침내 이 불쌍한 음악가는 밥 한술도 제대로 뜰 수 없게 했던 번뇌의 고통을 뛰어넘고 우리가 짐작조차 하지 못하는 마음의 우주를 자신의 음표 하나하나에 실어 이 세계로 들여올 수 있었다. 수많은 형태로 자기 자신을 향해 던졌던 그의 물음이 이제 완전히 낯선 사랑의 정의를 싣고 우리를 찾아오게 된 것이다.

뱅퇴유 씨가 보냈을 그 엄청난 밤, 자신과 나누었을 그 천 번

이상의 대화를 상상해 보자. 뱅퇴유가 보여 주는바, 예술가는 자신을 고통스럽게 하는 생의 문턱 위에서 그 누구보다도 바로 자신에게 질문하고 절박한 마음으로 그 답을 찾아가는 존재다. 음악을 연구하는 사람들은 뱅퇴유의 음악이 바그너와 어떻게 비슷한지나 따지겠지만 뱅퇴유는 마치 라부아지에나 앙페르와 같은 과학자가 새로운 과학의 법칙을 발견하듯이 고유한 사랑의 세계를 창조했다. 그럼으로써 그가 이전에 작곡했던 모든 악절을 뛰어넘었고, 자신도 모르는 사이에 음악의 역사를 비약시켰으며, 사랑으로 고통받는 모든 이들에게 구원의 노래를 선물했다. 그리고 마침내 불운했던 자신에게도 진정한 해방을 안겨 줄 수 있었다. 마르셀은 뱅퇴유의 음악을 들으면서 어쩌면 예술가는 모든 현실의 질곡을 초월한 저 미지의 나라로부터 태어나는 존재가 아닐까 하고 생각하게 된다.

4. 화가 엘스티르—절차탁마하는 아틀리에의 수도승

마르셀이 엘스티르와 사귀기 시작한 것은 첫번째 발베크 체류 때부터다. 그는 이미 거장으로 이름난 화가였고 그 무렵에는 노르망디 해안을 그리기 위해 발베크 부근 아틀리에에 머물고 있었다. 그리고 그는 화려한 명성과는 달리 작업과 산책, 작업실과 발베크의 자연만을 오가는 소박한 생활을 하고 있었다. 간소한 옷차림, 군더더기 없이 정갈한 생활. 만년의 엘스티르는 파리에서의 명성을 뒤로 하고 점점 더 많은 시간을 작업에 쏟으려고 하고 있었다. 프루스트는 19세기 후반에 활약했던 인상파 화가들을 참고로 해서 엘스티르를 창조했다고 한다. 특히 발베크의 엘스티르 같은 경우는 파리 근교에 지베르니Giverny에서 「수련」 연작을 그리던 만년의 모네Claude Monet를 떠올리게 한다. 실제로 작품 속에서 발베트 부근의 농장 주인은 엘스티르로부터 「바다 위의 해돋이」를 선물로 받는데, 그것은 모네가 노르망디 해안을 그린 「바다 위의 일출」(1872)을 연상시킨다. 아마 엘스티르도 만년의 모네처럼 길고 하얀 수염을 기르고 투박하고 낡았지만 주름마다 긴장이 서린 작업복을 입고 화폭 앞에 서 있었으리라.

어느 날 엘스티르의 아틀리에를 방문한 마르셀은 들어서자마자 밀려드는 감동을 주체할 수 없었다. 그곳에는 셀 수 없이 많은 습작들이 빼곡히 들어차 있었고, 여러 가지 직사각형 화폭 위에 펼쳐진 그림들은 모두 미완성의 실험작들이었지만 그 하나하나가 완성작에 비할 수 없는 어떤 비밀을 전해 주고 있는 듯했다. 엘스티르는 자연을 있는 그대로, 시적으로, 우리가 그것을 바라보는 바로 그 순간으로 창조하기 위해 고군분투하고 있었다. 그런데 그런 순간이라는 것은 보는 사람마다 다르고, 때와 장소에 따라서도 다르다. 엘스티르는 이토록 수많은 찰나들이 저마다의 빛으로 동시에 존재함을 증명하려 하고 있었다. 그는 붓과 물감을 통해 그동안 아무도 붙잡지 못했던 찰나들을 포착하려고 했고, 찰나들은 시시각각 변화하는 햇살과 부서지는 포말의 모습으로 새롭게 발명되는 중이었다.

마르셀은 완전한 행복을 느꼈다. 엘스티르의 아틀리에는 새로운 세계 창조의 실험실이었기 때문이다. 그의 습작들은 마르셀이 그동안 한 번도 제대로 파악하지 못했던 높은 수준의 인식으로 그를 이끌어 주고 있었다. 화폭 하나하나마다 담겨진 존재들, 파도의 물보라나 젊은이의 윗도리는 그 개체적 물질성을 떠나 화폭 위에서 낯선 존엄성을 구현하고 있었다. 엘스티르는 얼마나 많은 습작을 거치면서 여기까지 왔단 말인가? 마르셀은 습작 하나하나가 거쳐 왔을 무참한 실패의 길을 짐작할 수 있었다.

그런데 엘스티르에게는 찰나의 고유함을 영원한 형식으로 포착하기 위해 먼저 해결해야 할 과제가 있었다. 그것은 지금까지 그가 사물들을 바라보았던 방식을 해체해야 한다는 것이었다. 사과는 둥글고 빨갛게, 하늘은 푸르게, 이런 방식으로 대상을 재현하는 기존의 회화 관습을 거부하지 않고서는 그의 목표가 달성될 수 없을 것이기 때문이다. 그래서 엘스티르는 관습적인 재현방법들 즉, 자기가 스승과 선배들로부터 배웠고 한때는 절대적으로 신봉하기까지 했던 회화의 모든 기법과 하나하나 대결하지 않으면 안 되었다. '아버지이신 천주'께서 온갖 사물에 이름을 붙이면서 그것을 창조했다고 하면, 엘스티르는 사물에서 그 이름을 없애버림으로써, 또는 다른 이름을 줌으로써 그것을 재창조하려 했다. 마치 뱅퇴유가 동성애에 대한 세속적 믿음을 벗기면서 사랑에 대한 새로운 정의를 내렸던 것처럼 말이다.

습작 하나하나는 이런 대결과 실패, 도전과 극복으로 보낸 엘스티르의 지난한 과정을 고스란히 보여 주고 있었다. 그것은 화가가 거쳤던 배움과 기술연마의 과정인 동시에 낡은 엘스티르가 새로운 엘스티르가 되기 위해 벗어던진 껍질들이었다. 엘스

잃어버린 시간을 찾아서, 되찾은 시간 그리고 작가의 길

티르는 자신의 성공을 자랑하기 위해 이런 껍질을 부끄러워하거나 감추지 않았다. 한번은 이런 일도 있었다. 마르셀은 이 습작들 가운데서 오데트를 닮은 한 매춘부의 초상화를 발견하고는 자신도 모르게 경멸에 찬 눈으로 엘스티르를 바라보게 되었다. '도도한 척하는 당신도 한때는 사교계와 매춘부를 쫓아다니던 속물이었군!' 하는 생각이 들었던 것이다.

그런데 엘스티르의 반응은 완전히 기대 밖이었다. 엘스티르는 완전무결한 예술가를 자처하지 않고, 어린 마르셀에게 인생의 진실을 알려 주면서 예술가의 삶으로 마르셀을 초대했다.

> "아무리 총명한 자라도 그 젊음의 한때에 뒷날 생각만 해도 불쾌한, 될 수만 있다면 그런 기억을 머릿속에서 지워버리고 싶은 말이나 생활을 하지 않았던 자는 없지요. 그러나 그건 별로 뉘우치지 않아도 좋아요. 왜냐하면 현자가 된다는 건 만만치 않은 수도여서, 먼저 자기가 어리석은 또는 밉살스러운 화신(化身)을 두루 거치지 않고선 그 마지막 화신을 얻지 못하기 때문입니다."프루스트, 「꽃핀 소녀들의 그늘에서」, 『잃어버린 시간을 찾아서』 2권, 954쪽

엘스티르의 삶도 그의 습작처럼 여러 차례 변신을 거듭했던 것이다. 누가 보아도 어리석고 밉살스러운 번데기 시절도 있었

다. 한때는 마담 베르뒤랭에게서 근근이 후원을 받으며 그녀의 취향을 만족시켜줄 예술 이야기를 해주는 소식통 노릇을 하기도 했다. 그렇지만 그는 엉망진창이나 다름없었던 그 사교계 생활 속에서 자신의 속물주의와 평범한 재능을 직시했고, 그것들 모두를 넘어설 결심을 했다. 껍질을 벗고 새로 태어나기 위해 캔버스 앞에 머무는 시간은 점점 더 늘어났고, 이 목표에 집중하자 그의 생활은 점점 더 간소해졌다. 나중에는 범박한 사교생활을 철저히 금하고 거의 수도승처럼 아틀리에에서 찰나를 향한 부단한 실험에 매진하게 되었다. 엘스티르는 세계를 새롭게 포착하기 위해 무엇보다 먼저 자신을 수도하는 현자처럼 바꾸었다.

베르뒤랭의 귀여운 암사슴이 회화 예술의 거장이 되리라고 누가 감히 상상이나 했겠는가? 그는 아무도 도와주지 않는 길을 걸어 온갖 오욕과 실패를 넘으며 비로소 자신을 발견했다. 바로 그가 소년 마르셀을 향해 너그러운 미소를 짓는다. 누가 예술가가 될 수 있는가? 스완과 샤를뤼스 씨는 예술에 관한 박학다식에도 불구하고 쓰지도, 그리지도, 노래하지도 못했다. 그들은 자신이 가진 부, 명예, 지위 그 어느 것 하나도 손에서 놓을 수 없었기 때문이다. 그들은 모든 시간과 돈, 재능을 자기 자신을 갈고닦기보다는 살롱을 장식하고 인맥을 관리하는 데 바쳤다. 그런데, 엘스티르를 보라! 친구들이나 제자가 떨어져 나가고, 기괴한 실험

잃어버린 시간을 찾아서, 되찾은 시간 그리고 작가의 길

이라는 불명예를 얻고, 전도유망했던 지위를 잃기도 하면서, 그
는 혼자 힘으로 여기까지 왔다. 그것은 거의 현자의 삶이었다.

5. 소설가 베르고트 ── 나비를 좇는 아이처럼, 아이처럼!

베르고트는 이 작품에 등장하는 모든 인물들 중 가장 못생긴 사람이다. 세상은 그의 소설을 읽고 그 세련된 어투와 상쾌한 심상에 박수를 보냈지만, 직접 그를 만난 이들 중 실망하지 않는 사람은 거의 없었다. 달팽이 껍질처럼 생긴 붉은 코, 듬성듬성 고르지 못하게 뭉쳐 있는 검은 턱수염, 작은 키와 굵은 허리, 근시안이어서 뭔가를 볼 때마다 고개부터 앞으로 튀어나오고 마는, 촌스럽고 경망스러운 행동까지! 인간 베르고트에게는 어느 하나 사랑스러운 구석이 없었다. 게다가 그는 고급 살롱을 드나들기 좋아했고 속물 중의 속물들과 어울리면서 시간을 보내거나 매춘부 뒤꽁무니를 좇는 일에도 일가견이 있었다. 돈이면 돈, 연애면 연애, 그는 어떤 속물적 주제도 가리지 않고 이야기를 나눌 수 있는 천박한 교양인으로 보였다. 그런 우둘투둘 못난이가 '투명하고 섬세한' 문체로 베르뒤랭 부인부터 게르망트 공작 부인까지 모든 사교계 마담들의 심금을 울렸던 것이다.

잃어버린 시간을 찾아서, 되찾은 시간 그리고 작가의 길

처음엔 마르셀도 베르고트의 외모에 큰 실망을 했다. 그런데 주의를 기울이고 보니 베르고트는 그 허랑방탕해 보이는 나날 속에서 쉬지 않고 말놀이를 하며 살고 있었다. 일단 그는 남들이 자신을 어떻게 보는지는 전혀 상관하지 않았다. 욕이나 비속어를 쓰고 구태의연한 상투어를 구사하면서, 심지어 어떤 때에는 경박한 신조어들을 더듬거리기도 하면서 자신이 말할 수 있는 모든 음률을 재해석하고 어떻게든 다른 방식으로 음미하려고 애썼다. 사랑이라는 하나의 단어에 몰두한 뱅퇴유와 달리 베르고트는 모든 단어에 집중했고, 자기의 아틀리에에서 고독하게 실험한 엘스티르와 달리 베르고트는 일상을 실험 현장으로 삼았다. 베르고트의 말이 편협하고 이기적으로 보이는 까닭은 우리가 알고 있는 것에 대해서는 그가 아무것도 말하지 않기 때문이다. 그는 지엽적이고 시시한 것에 대해서도 열광적으로 달려들어 너무나 익숙해져서 당연하게 생각하는 말들의 껍데기를 벗기려고 했다. 뱅퇴유가 악보 위에서, 엘스티르가 캔버스 위에서 시대의 통념과 규범에 맞서 싸웠듯이, 베르고트는 평범하고 일상적인 대화 속에서 관습화된 단어들을 검토하고 새롭게 되살려내기 위해 노력하고 있었다.

일상의 매 순간을 언어의 실험장으로 삼았던 베르고트의 만년은 더 놀라운 것이었다. 나이가 들자 베르고트도 매너리즘에 빠지고 말았다. 더 이상 어디로 걸음을 내딛어야 할지 모를 정도로 자신의 작품이 완벽하다는 생각마저 들었다. 그러던 중 그는 화가 페르메이르Jan Vermeer의 전시회에 들르게 된다.

페르메이르의 그림 「델프트의 풍경」(1861)* 앞에서 베르고트는 도대체 무엇을 보았나? 도시의 작은 항구, 깊숙이 들어온 바닷물과 소박하고 작게 들어서 있는 건물들, 작고 푸른 인물 몇 몇, 모래는 장미색. 그런데 노란색 벽면 하나가 슬쩍 얼굴을 내밀고 있었다. 이 벽면은 사실 보통의 관객 눈에는 잘 들어오지도 않는 작은 면에 지나지 않지만 베르고트는 이 앞에서 심한 어지럼증을 느꼈다. 그는 페르메이르가 이 벽면을 수없이 덧칠했다는 것을 발견할 수 있었다. "노란색 벽면의 풍요로운 질감!" 화가는 하나의 색, 그 색의 인상을 얻기 위해 수없이 많이 고쳐 그렸던 것이다.

베르고트는 이 벽면 앞에서 마치 자신이 노랑나비를 붙잡으려 하는 어린아이가 된 것 같았다. 나비를 붙잡으려고 손을 이리 뻗고 저리 뻗으면서 깔깔깔 웃고 또 안타까워하고 그러면서도 다시 또 손을 내미는 어린아이처럼 글을 써 나가야 한다는 것

---

* 이 책 229쪽 화보 그림 참조.

잃어버린 시간을 찾아서, 되찾은 시간 그리고 작가의 길

을 깨달았다. 언어가 주는 환상에 갇히지 않고, 그 모든 객관성에 대한 믿음을 버리고! 글쓰기에 완료란 없다. 그것은 언제나 미끄러지고 손아귀에서 빠져나가는 의미들을 사뿐히 또 사뿐히 길어 올리고 바꾸어 내는 작업이어야 한다. 그러나 바로 이와 같은 깨달음을 얻었을 때 위대한 베르고트는 이 거대한 풍경 바로 밑에서 자신의 생을 마감할 수밖에 없었다. 프루스트는 이 거장의 죽음을 마지막까지 예술의 불꽃을 향해 자신을 내던지는 나비처럼 그렸던 것이다.

글쓰기에 대한 깨달음과 함께 생을 마감하는 작가, 바로 그런 작가에 의해서 작품은 비로소 영생을 얻는다. 마르셀은 베르고트를 통해 죽을 때까지 글을 고치면서 사는 것이야말로 작가의 삶임을, 최후까지 글쓰기에 대해 배우는 존재야말로 작가임을 알 수 있었다.

마침내 마르셀은 글을 쓸 것을 결심한다. 이제 그는 부단히 자신을 단련해 가면서 재봉사처럼 요리사처럼 숱한 인상들, 수많은 과거들 그 하나하나를 재료로 삼아 풍미 좋은 하나의 개성적인 작품을 만드는 일에 착수해야 한다. 나비를 좇는 아이처럼 수정하고 또 수정하면서.

6. 예술가와 수련하는 삶

예술가가 된다는 것은 부단한 자기 검토와 수정, 인식 자체의 전환과 새 창조를 위해 날마다 에너지를 집중하면서 매진하는 것을 의미한다. 바로 이런 이유 때문에 드레퓌스 사건이나 세계대전 같은 수많은 사건이 일어났지만 이를 통해 하나의 작품을 만드는 사람은 그토록 드물었던 것이다. 대중은 특별한 사건사고 앞에서 흥분하고, 사랑에 빠진 사람은 열애의 정념 속에서 자신을 소진시킨다. 하지만 예술가는 오직 음(音)을 이해하고, 빛을 해석하고, 언어를 다듬을 수 있는 시간과 정력을 확보하기 위해 들뜬 생활로부터 거리를 둔다. 최대한의 작업 시간을 확보하기 위해 일상을 계획하고, 효율적인 성과를 위해 규칙적인 섭생을 한다. 그 어떤 실패에도 당황하지 않을 수 있게 침착하고 배짱 두둑한 마음 기르기에도 힘쓴다. 그렇다. 예술은 영감이나 재능으로 하는 작업이 아니다. 예술가는 이와 같이 끊임없이 자신을 만들어가는 와중에 작품을 창조한다. 바로 이 점을 강조하기 위해

잃어버린 시간을 찾아서, 되찾은 시간 그리고 작가의 길

프루스트는 자신의 주인공이 써서 남길 작품에 대한 이야기 대신에 작가가 어떤 존재인가를 깨닫게 되는 과정을 그토록 강조했다.

뱅퇴유처럼 번민하고, 엘스티르처럼 수련하고, 베르고트처럼 깨달음을 향해 전진하는 자──그 모두가 바로 프루스트였다. 부자에다가 살롱을 자주 출입했던 프루스트를 방탕하고 겉멋 든 사람으로 오해할 수가 있다. 또 그가 평생 허약했기 때문에 침대 위에서 마땅히 할 일이 없어서 이런 엄청난 글을 쓸 수 있었다고 말하는 사람도 있다.

하지만 생각해 보자. 프루스트는 자신의 생애에 오직 이 한 작품만을 남겼다. 오직 한 편의 소설만을 남긴 예술가. 누가 광기에 사로잡혀 13년을, 오직 영감에만 의지해서 글을 써 내려갈 수 있겠는가? 이 작품은 "오래전부터 나는 일찍 잠자리에 들어 왔다"라고 하는 첫 문장부터 "시간 안에 자리한 인간을 그려 보련다"라는 마지막 문장까지 빈틈없이 조작되어 있다. 단 한 사람의 인물도 허투루 등장했다가 사라지는 법이 없다. 30대 후반의 프루스트와 40대 후반의 프루스트는 시간의 흐름에 전혀 구애받지 않고 동일한 어조로 말하고 있다. 프루스트는 무려 13년 가까이를 이 작품에 집중했다. 목표는 하나였다. 되찾은 시간의 창조.

프루스트는 어떻게 글을 썼던가? 그는 생트-뵈브에 대한 반박을 준비하면서부터 이미 『잃어버린 시간을 찾아서』의 작가였다. 이때부터 그는 마르셀이 희망했던 것처럼 하루도 쉬지 않고 수련하듯이 글을 썼다. 마치 수도승처럼 침대 위에서 밤에는 쓰고 낮에는 자는 삶을 이어갔다. 프루스트는 언제부터인지 아침 8시에 자고 오후 3시에 일어나는 습관을 갖게 되었는데 죽을 때까지 이 버릇을 고치지 못했다. 참으로 엄격하게 자기가 정한 규칙을 지켰다. 어떤 날은 영감에 꽂혀 몇십 장씩 써 나가고 그러다가 기운이 빠져 한 며칠 쉬는 불규칙한 생활 속에서는 『잃어버린 시간을 찾아서』가 보여 주는 탄탄하고 치밀한 이야기의 호흡을 유지할 수 없기 때문이다.

앞에서도 말했듯이 프루스트는 이미 이 작품에 착수했을 때부터 작품의 구조를 확정지었다. 그는 처음과 끝이 하나의 원처럼 맞물리는 구조 안에 치밀하게 복선과 암시를 설정하고 기억과 기억 사이의 관계, 기억이 돌아오는 시점과 물러나는 시점을 배치했다. 엄청난 긴장감과 에너지로 처음부터 끝까지 이야기를 밀어붙인 것이다. 그는 이 모든 작업을 위해서는 극도로 절제하고 극기하지 않으면 안 되었으리라고 생각할 수 있다. 낮에는 자고 밤에는 글을 쓰면서 체력이 떨어지는 것을 막기 위해 섭생과 산책을 관리하는 삶. 글쓰기라는 단 하나의 과업에 매진하기 위해 일상 자체를 철저히 제작하는 삶. 그것이 바로 수련하는 삶,

수도승의 삶이었다.

어디 프루스트뿐이랴? 우리가 잘 알고 있는 위대한 작가들은 대부분 이와 같은 삶을 살았다. 프루스트가 존경했던 플로베르는 친구들에게 보낸 편지에서 이런 수련자의 삶을 강조했다. 오늘도, 내일도, 언제까지나, '생각하고, 일하고, 글을 써라. 한눈팔지 않고!' 플로베르는 『보바리 부인』(1857)의 성공 후 엄청난 부와 명성을 쥐게 되었다. 하지만 그는 그러한 화려한 스포트라이트를 절제와 집중을 방해하는 커다란 장애로 생각했다. 그는 소매를 걷어 올리고 대리석을 다듬는 일꾼처럼 살기를 원했다. 영감이 아니라 인내 속에 길이 있으며 오래도록 에너지를 모으는 가운데에서만 아름다운 것들은 창조된다는 믿음. 그것이야말로 그를 작가로 만들어 준 힘이었다.

매일 끈기 있게 일정한 시간 동안 작업을 하도록 해요. 차분하게 공부하는 생활의 습관을 들이도록 하고, 그러면 거기에서 우선 커다란 매혹을 느낄 것이고, 그로부터 힘을 얻게 될 거요. 나 또한 하얗게 밤을 지새우는 괴벽이 있었지. 그런 습관은 사람을 지치게만 할 뿐 아무런 도움이 안 돼. 정신적 영감이라는 것과 유사한 모든 것을 경계해야 하오. 그런 것은 일부러 지어낸 열광과 선입견일 따름이거든. 이런 열광은 대부분의 경우 그 자체로

부러 나온 것이 아니라, 다만 자신에게 의도적으로 불러일으킨 것에 지나지 않아, 더욱이 우리는 영감 속에서 사는 것이 아니지 않소. (……) 책을 읽고, 많이 명상하고, 항상 문체에 대해 생각하고, 글을 가능한 한 최소로 써야만 해. 최소한으로 쓴다는 것은 다른 이유에서가 아니라, 다만 생각이 어떤 형식을 달라고 요구하고 또 우리가 그에 정확히 부합하는 명확한 형식을 찾아주기까지 우리 속에서 계속 뒤척여댈 때, 그 흥분한 생각을 가라앉히기 위한 것일 뿐이오. 우리는 인내하고 오래도록 에너지를 모으는 가운데 아름다운 것들을 만들 수 있기에 이른다는 것을 명심해요. 플로베르, 「루이즈 콜레에게」(1848. 12. 13); 방미경 엮음, 『플로베르』, 문학과지성사, 1996, 201쪽 재인용

공무원이었던 카프카도 마찬가지였다. 그는 평생 주경야서 (晝耕夜書) 하는 삶을 살았다. 일상에 매몰되지 않으면서도 자신을 잠식하는 그 삶 한가운데에서 삶을 구속하는 인식의 그물들을 걷어내려고 애썼다. 카프카는 자신의 장편소설이나 일기 등이 출판되는 것을 결코 원하지 않았다. 그의 삶에서 가장 중요한 것은 오늘 하루도 글을 쓴다는 사실 하나였다. 위대한 작가들은 모두 이런 절제된 자기 수련의 과정을 통해서 에너지를 모으고 창작의 힘을 기른다.

마르셀은 뱅퇴유, 엘스티르, 베르고트의 인생을 통해서, 천재적인 작품을 만들어 내는 사람들은 세련되고 으리으리한 삶을 사는 사람들이 아니라는 것을, 작품의 천재성은 작가의 개성에서 나오는 것이 아니라는 사실을 배울 수 있었다. 뱅퇴유는 소심하고 음침한 피아노 선생에 불과했지만 불멸의 음악을 창조했다. 수도승처럼 금욕적인 엘스티르의 화폭 위에선 미술사 전체를 놀라게 할 만한 화려한 도약이 펼쳐졌다. 라 베르마 같은 대배우는 딸과 사위에게는 돈이나 벌어오는 기계였지만 무대 위에서는 오직 자기 육신 하나로 고대 그리스를 부활시킬 줄 알았다. 위대한 작품들은 그저 누구나 다 알 만한 가족사와 평범하기까지 한 속물적 생활 속에서 탄생했다. 어떻게 그럴 수 있단 말인가? 비밀은 바로 그들의 절차탁마하는 삶에 있다.

뱅퇴유를 통해 마르셀은 깨닫는다. 천재는 세련된 환경에 살면서 최고로 넉넉한 재료와 교양을 활용하는 사람이 아니라는 것. 위대한 인간은 문득 자신만을 위해 사는 삶을 멈추고, 자신의 개성을 마치 거울처럼 세계를 비추는 도구로 쓴다. 천재는 사물, 인간, 사건을 반사한다. 반사된 것의 질이 천재의 능력을 의미하지 않는다. 그래서 못난이 베르고트는 불쌍한 유년에다가 상식도 변변치 않은 친구들 속에서 세월을 보냈지만 그런 일상을 되비추는 그만의 문체를 창조함으로써, 아카데미나 베르뒤랭의 살롱에서 기세등등하게 인정받는 고상한 친구들보다 훨씬 더 오래, 더 널리 읽히는 작품을 창조했던 것이다.

걸작은 예술가의 지극히 평범한 삶에서 갑자기 이륙하듯 훌쩍 날아올라 고공비행을 한다. 작가는 어쩔 수 없이 자신이 경험한 것을 통해서 작품을 쓸 수밖에 없다. 하지만 자신의 개인적인 경험을 이해받기 위해 글을 쓰지는 않는다. 중요한 것은 작가 자신의 개성을 반영할 수 있느냐 없느냐가 아니다. 예술가는 드레퓌스 사건이나 제1차 세계대전을 통해서도 인류사의 법칙을 생각하지만, 배신한 애인 때문에 속상해하는 젊은 남자의 눈물을 보고도 인생의 보편적 의미를 깨닫는다. 그는 마주치는 모든 일에서 삶의 보편적인 이치와 교훈으로 가는 길을 닦는다.

마르셀, 작가-의사가 되다

마르셀에게 '되찾은 시간', 즉 예술의 창조란 전혀 낭만적인 일이 아니다. 뱅퇴유처럼 번민하고, 엘스티르처럼 죽도록 습작하고, 베르고트처럼 죽는 그 순간까지도 뭔가 배우는 삶이 예술가의 삶, 즉 '되찾은 시간'이다. 이런 부단한 정진만이 허무의 나락으로 떨어지는 것을 막는다. 삶을 냉소적으로 바라보지 않게 하고, 언제나 신선한 공기를 맛보면서 살게 한다. 예술의 창조란 그 자체로 예술가의 양생법이다.

게르망트가의 마티네에서, 마르셀은 예술가야말로 의사라는 것을, 자신이 작가-의사가 되어야 한다는 것을 실감했다. 누구보다 자신을 먼저 치유하는 의사! 애인의 거짓말이 안긴 고통을 통해 보편적 차원에서 사랑의 문제를 탐구하는 일은 작가에게는 건전하고 꼭 필요한 작업이어서, 이 일을 해내면 "마치 건강한 사람이 운동이나 땀내기나 목욕을 하고 난 뒤 그런 것처럼 작가는 행복해진다." 프루스트, 「되찾은 시간」, 『잃어버린 시간을 찾아서』 5권, 3120쪽

잃어버린 시간을 찾아서, 되찾은 시간 그리고 작가의 길

"사랑하는 여자가 훨씬 광대한 실재 속으로 녹아 들어가는 걸 분명하게 느껴 간혹 그녀를 잊게 되며, 창작에만 파고들다 보면 사랑의 괴로움도 사랑하는 여자와는 이미 아무런 관계도 없는 순전히 육체의 병, 어떤 심장병 정도로밖에는 느끼지 않게 된다. [중략] 그러면 목을 졸라매는 듯한 그 압박에서 어느 정도 벗어나고, 고통을 이 사람 저 사람에게 나누어 줄 수 있을 뿐만 아니라 얼마쯤 기쁨도 느낀다." 앞의 책, 3123쪽

예술가는 보다 많은 사람을 위해 자신의 몸에 위험한 접종을 먼저 하는 의사처럼 자신의 고통 속으로 되돌아가고 또 되돌아간다. 하지만 그는 보다 보편적인 차원에서 자신의 상처를 조망한다. 그럼으로써 자신의 슬픔을 위로하고, 비슷한 이유로 눈물을 흘렸던 다른 사람들에게도 희망을 준다. 뱅퇴유, 엘스티르, 베르고트는 자신의 걸작으로 불운했던 삶을 보상받은 것이 아니라, 창작을 하는 그 순간에 이미 이런 행복을 맛보았다. 이처럼 예술가는 작품을 통해 생의 모든 상처와 갖가지 아픔을 기쁨으로 바꾸며 산다. 그래서 홀로 번민하지만, 결코 외롭지 않다.

『잃어버린 시간을 찾아서』가 발표되었을 때, 많은 독자들은 인물들의 다채로운 욕망을 추적해 나가는 이 작품에 깜짝 놀랐다. 그래서 이것을 프루스트의 광적인 편집증 때문이라고 비난

하기도 했다. 숨 막히는 심리 묘사를 정신병에 가깝다고 말하는 사람도 있었다. 물론 프루스트가 지나치게 섬세하고 예민하다는 것은 사교계에서는 널리 알려져 있던 사실이었다. 프루스트는 사교계 생활 내내, 그리고 작품 집필 기간 내내 환자 취급을 받곤 했다. 하지만 그는 작품 속에서 단 한 번도 어떤 아픔을 구체적으로 묘사하거나, 주인공이 느끼는 정신적 피로에 대해 언급하지 않았다. 오히려 이 작품을 지탱하는 것은 거짓말과 오해 속에서도 진실을 찾기 위해 고투하는 프루스트의 냉정한 인내심과 뜨거운 정신력이다. 프루스트는 벨 에포크 시대 인간 군상들에 대한 정교한 사유와 분석을 멈추지 않았다. 그리고 흔들림 없이 그것들을 펼쳐나갔다.

덧붙여 말해 두어야 할 것은 프루스트가 밀실의 창조자가 아니라는 점이다. 허약하고 예민했지만 프루스트는 의외로 많은 사람들과 대화하면서 작품을 써 나갔다. 글쓰기를 하나의 비전으로 갖기 시작했을 때부터 그는 자신의 목소리와 문장이 더 많은 존재들과 만나야 한다고 생각했으니까. 프루스트는 천식과 면역 질환으로 고통받고 있었고, 혼자 힘으로 이 모든 것을 다 할 수 없다는 사실을 분명하게 인식했던 것이다. 온전히 작가 혼자 구상하고, 집필하고, 교정하면서 완성되는 작품. 프루스트는 일찍부터 이런 밀폐된 창작 생활에 별 의미를 두지 않았다. 약한 체력 탓에 펜을 들 수조차 없는 순간이 온다면 어째야 한단 말인가? 프루스트는 철저히 체력을 안배하길 원했으며, 규칙적으로 작업할 수 있게 일상을 조율해 갔다. 그리고 자신의 눈과 손을 대신할 사람들을 찾아 나섰다. 그의 말을 대신 받아쓰고, 또 그것을 타이핑하고, 교정을 위해 다시 소리 내어 읽어 줄 비서들을 고용했다. 1909년부터 1912년까지는 6명이 일했고, 22년 죽을 때까지 모두 40명의 도우미가 그의 손과 눈이 되었다.

프루스트는 자신의 작품 세계를 전혀 공감하지 못하는 사람의 손도 마다하지 않았다. 매일매일 지속적으로 영감을 발산시키고 수렴하는 일을 누군가와 함께하기를 원했다. 『잃어버린 시간을 찾아서』의 숨은 손들은 학력도 고르지 않았고 취향도 다 달랐지만 프루스트는 빈번하게 일어나는 그들의 무식한 실수도 탓하지 않았다. 함께 아이디어 노트를 메모하고 거기에 살을 붙여 구술한 다음에는 타이핑된 또 다른 원고를 교정하는 일을 반복했다. 프루스트는 작품에 각인된 오타, 타인의 신체를 통과한 글자들도 기꺼이 자신의 작품이라고 받아들일 만큼 여유가 있었다. 이 모든 것에 병적 징후는 없다.

1편 「스완네 집 쪽으로」가 책으로 만들어지는 동안 3편 「꽃핀 소녀들의 그늘에서」의 초고가 마련되고 있었고, 그 와중에 5편 「소돔과 고모라」의 스케치가 두텁게 쌓여 갔다. 고독한 침상이 아니라 언제나 몇 사람씩 들락날락거리는 분주한 침상. 그 방으로 수없이 많은 커피와 과자가 제공되었을 것이다. 이런 이름 없는 손과 귀에 대한 친밀한 신뢰가 없었더라면 그의 글쓰기는 불가능했으리라. 병은 그를 고립시키지 못했다. 『잃어버린 시간을 찾아서』를 쓰면서 그는 오히려 친구들 속으로, 세상 속으로 걸어 들어갔다. 생의 후반부에 창작의 고뇌와 체력의 한계 때문에 고통을 받긴 했지만, 그는 생애 그 어느 때보다 많은 친구들을 사귀면서 힘차게 글을 써 나갔다. 프루스트는 그렇게 건강하게 살았고 덕분에 그의 작품을 읽는 우리는 삶에 대한 건강한 비전을 선물로 받게 되었다.

글쓰기가 어떻게 치유가 될 수 있는 것일까? 프루스트에 따르면 자신의 과거를 되찾는 자는 스스로를 구원할 수 있다. 그런데 이때 써야 할 것은 타인의 삶 또는 인간 일반의 삶이 아니라 오직 내 경험이다. 프루스트는 좋다 나쁘다로 판단을 다 해버린 과거 말고, 특히 '무의지적 기억' 같은 쓸데없이 떠오르는 사소한 추억이나 대단치도 않은 수다 따위를 써보라고 한다. 왜인가? 우리가 거창한 과거(가졌던 부, 명예, 혹은 업적)로 자기를 바라보기를 그만둘 때 비로소 인생 자체에 대해 통찰할 길이 열리기 때문이다.

프루스트는 『잃어버린 시간을 찾아서』에서 존재하는 것의 모든 비참은 결국 죽음을 피할 수 없다는 데에 있다고 분명히 말한다. 그 상실로부터 우리는 상처 입고 고통 받는다. 하지만 유한한 이 인생은 유일무이한 경험들로 채워져 있고, 그 모든 것들은 무한하게 해석될 수 있다. 프루스트에게 '시간을 되찾기'란 지나간 온갖 사건들을 통찰의 강 위에 새롭게 또 새롭게 띄워 보내는 일이었다. 일회적인 것처럼 보이는 하나의 경험을 수많은 과거의 풍경 속에서 다시 조망해 보라. 옳기만 한 일도 그르기만 한 일도 없다. 인생에는 정답이 없으니 살아낸 시간으로부터 삶이라는 것에 대해 배우고 또 배우라. 그러할 때 우리는 웃지도 울지도 않으며, 덤덤히 예측 불가능한 최후의 미래로 걸어 들어갈 수 있다.

에필로그: 마르셀, 작가-의사가 되다

부록

등장인물로 보는 『잃어버린 시간을 찾아서』

그림으로 보는 『잃어버린 시간을 찾아서』

등장인물로 보는 『잃어버린 시간을 찾아서』

『잃어버린 시간을 찾아서』가 발표되었을 때 프루스트의 지인들은 깜짝 놀랐다고 한다. '어머! 이 사치의 여신 마담 베르뒤랭이 설마 나야?' 하고 말이다. 그런데 더 놀라운 것은 벨 에포크로부터 백 년이나 지났는데도 여전히 독자들의 간이 철렁 내려앉곤 한다는 점이다. '아니? 이 오만, 이 허영, 이 불안, 이 고독은 바로 내 이야기인데?' 하고 말이다. 프루스트는 자신이 만난 수많은 인간들, 심지어 먼 미래에서 그의 작품을 읽게 될 모든 이들을 자신의 소설 속으로 데리고 들어갔다.

그런데 프루스트는 발자크처럼 출신 배경과 주변 환경에 따라 전형화된 인물들을 재현하는 일에는 관심이 없었다. 제1권 「스완네 집 쪽으로」의 배경이 '콩브레'였다는 점을 떠올려 보자. 그 평범한 시골 마을에 얼마나 많은 진실의 씨앗이 묻혀 있던가? 인물에 대해서도 마찬가지였다. 프루스트는 대귀족에서부터 시골의 하녀에 이르기까지 참으로 많은 인물을 그렸지만 서술의 포인트는 그들의 삶 안에 빼곡히 채워져 있는 갖가지 이야기의 씨앗들에 있었다. 그가 어떤 덕을 꽃피울지, 어떤 갈등과 모순으로 제 삶의 길을 닦을지는 그 누구도 장담할 수 없다!

잃어버린 시간을 찾아서, 되찾은 시간 그리고 작가의 길

프루스트는 시간이야말로 인간을 빚는 예술가라고 보았다. 시간은 묵은 과거인 전통과 급변하는 현재라고 하는 연장을 갖고서 한 인간의 신체 여기저기에 주름을 새긴다. 표정과 몸짓의 특이함을 만들어 낸다. 프루스트의 인물들은 우리 각자가 얼마나 다채로운 인연 속에서 살아가는지를, 얼마나 극적인 정신의 모험을 치러 내는지를 절실히 느끼게 해준다. 다음은 『잃어버린 시간을 찾아서』에서 시간의 풍파를 가장 많이 겪는 인물들이다.

1. 외할머니Bathilde Amédée

『잃어버린 시간을 찾아서』에는 숨은 신이 있다. 소심한 부르주아 신사가 무시무시한 회상 여행을 할 수 있도록 격려하는 존재, 바로 마르셀의 외할머니이다. 프루스트는 이 자애의 화신을 전혀 특별하게 그리지 않았다. 할머니는 작고 구부정한 체구에다가, 꾸며 낸 옷차림과 과도한 격식을 너무 싫어하신 나머지 거리의 날품팔이 행상처럼 보이기까지 했다. 그렇지만 소년 마르셀에게는 진실된 음식, 참된 문장만을 소개하고자 애썼고, 사춘기를 맞은 손자의 흥분과 어리석음을 조용히 지켜보면서 그가 문학가의 길로 언젠가는 돌아올 것을 끝까지 믿어 주었다. 할머니의 사랑은 살고 죽는 인간의 모든 일을 깊이 이해하는 가운데에서 나왔다.

할머니와 관련해서 주목해야 할 에피소드는 두 개다. 마르셀의 첫 번째 발베크 체류 때에 할머니가 보여 주던 손자에 대한 무한한 애정의 장면(제2권「꽃핀 소녀들의 그늘에서」)들, 그리고 손자의 회상 속에서 죽음을 극복하고 영원히 부활하는 할머니의 모습(제4권「소돔과 고모라」). 마르셀은 일생 동안 많은 사람의 죽음을 경험하며 시간이 쓸어가버리는 인생에 깊은 허무감을 맛보게 된다. 하지만 오직 한 사람 할머니만은 손자가 보내는 지극한 그리움과 함께 그 딸(마르셀의 어머니)의 육신 속에서, 생로병사하는 자연의 온 풍경 속에서 죽지 않고 영원히 산다.

2. 마담 게르망트Oriane, Duchesse de Guermantes

외할머니의 세계가 타인에 대한 편견 없는 이해와 한정 없는 헌신의 낙원이라면, 정확히 그 반대편에 자기밖에 모르는 이기적인 사람들의 세계가 있었으니 이름하여 '사교계'다. 프루스트는 이 사교계를 양대 산맥으로 나누고 그 첫번째 맥의 최고봉으로 역사와 전통을 자랑하는 대귀족의 사교계를 먼저 위치시켰다(작품 안에서는 제3편 「게르망트 쪽」에서 본격적으로 나온다). 게르망트라는 이름은 프랑스 자체를 대표한다 해도 과언이 아니다. 그 가문의 남자와 여자는 민족의 역사와 전통을 이끌어 왔기 때문이다. 그러니 게르망트 공작부인의 콧대가 그토록 높을 수밖에. 청년 마르셀은 게르망트 공작부인이 고귀한 예술의 정수 그 자체라고 굳게 믿고 그녀의 살롱을 방문하게 된다. 그런데 웬걸? 게르망트 공작부인은 새로운 가치라고는 하나도 낳지 못하는 유적의 무덤 안에서 자기를 찬미해 줄 사람들만을 그러모았고, 자기 체면에 조금이라도 흠집을 내는 사람에게는 갚지 못할 치욕을 안겨 주는 냉혈한에 불과했다. 그래서 절친했던 스완이 매춘부 오데트와 결혼한 일에 격노하여 스완을 사방의 사교계로부터 쫓아내버린다. 하지만 그런 게르망트 공작부인도 말년에는 청춘의 희로애락을 나누었던 친구의 빈자리를 채울 수 있는 것은 아무것도 없다는 것을 깨닫는다. 마르셀은 게르망트 공작부인의 오만함에서 추해져버린 전통의 씁쓸함을 맛본다.

3. 마담 베르뒤랭Madame Verdurin

당당히 사교계의 두번째 봉우리를 차지한 사람은 마담 베르뒤랭이다. 유복한 부르주아인 베르뒤랭 부부는 그들만의 작은 살롱을 꾸며 놓고, 대귀족들은 눈길조차 주지 않는 신진 예술가들과 젊은 지식인들을 초대하기 시작했다(제1편 「스완네 집 쪽으로」). 이들의 모토는 하나! '새로운 것은 무조건 좋은 것이다!'였다. 그런데 이 여왕벌의 진짜 욕망은 따로 있었다. 실은 게르망트 공작부인처럼 대귀족들의 세계에 들어가고 싶다라는 것! 마

잃어버린 시간을 찾아서, 되찾은 시간 그리고 작가의 길

담 베르뒤랭은 게르망트 공작부인에 대한 질투로 더욱 열심히 전위적인 예술가들과 급진적인 사상가들을 그러모았는데, 아이러니하게도 그녀의 이런 허영이 드뷔시와 모네를 후원하여 예술의 혁명을 이끌게 된다. 그녀 자신은 드레퓌스 사건에 대해 어떤 관심도 없었지만 응원하던 에밀 졸라가 광기 어린 반유대주의와의 싸움을 계속할 수 있게 만들기도 했다. 결국 마담 베르뒤랭은 1차 대전 중에 남편과 사별하고 전후에 게르망트 대공과 결혼해서 자신의 꿈을 이룬다. 하지만 전후에 사회 분위기가 변하여, 이제 사람들은 '귀족'이 무엇인지 '부르주아'가 무엇인지에 대해 아무런 관심이 없어졌고 그녀의 성이나 유산은 한낱 관광거리로 전락한다. 프루스트는 마담 베르뒤랭을 통해 허영의 끝에 입을 벌리고 있는 허무의 세계를 가감 없이 보여 준다.

4. 오데트 드 크레시Odette de Crécy

오데트는 스완의 아내로, 마르셀의 첫사랑인 질베르트의 어머니이다. 작품 안에서 미의 여신으로 나오며 마담 베르뒤랭처럼 여러 남자들과의 결혼으로 자기 신분을 드높여 간다. 거리의 여자였던 오데트의 매력은 무엇이었을까? 그녀는 실로 동네의 건달부터 막마옹 원수, 포르슈빌 백작 등 최상층의 남자까지 가리지 않고 사랑을 나누었다. 일단 무척 아름다운 외모를 가지고 있었다. 무엇보다 그녀에게는 아무나 흉내낼 수 없는 최고의 재주가 있었는데 즉 거짓말하기이다. 오데트는 양다리를 걸치며 애인들을 속일 때 일말의 양심의 가책도 느끼지 못했고, 거짓말의 진실이 백일하에 드러나는 와중에도 '어쩔 수 없었다'며 뻔뻔한 태도로 일관했기에 오히려 상대가 무안을 느낄 정도였다. 오데트는 자기의 욕구를 충족시키기 위해서라면 앞뒤 가리지 않는 대책 없는 욕망 덩어리였다. 잡역부에서부터 대귀족에 이르기까지 다른 처지의 남자들은 오데트를 보면서 도덕의 베일 뒤로 감추고 있던 자기들의 은폐된 욕망을 발견했다. 그래서 그들은 오데트를 사랑하지 않을 수 없었다. 오데트가 어떤 인간인지 가장 잘 보여 주는 장면을 그녀가 스완을 버리는 대목에서 볼 수 있다. 스완은 자신의 전 재산과 모든 명예를 오데트와 바꾸었다. 하지만 오데트는 드레퓌스 사건이 터지자마자 반유대주의를 옹호하면서 유대인인 남편의 등 뒤에 칼을 꽂는다.

5. 알베르틴 시모네Albertine Simonet

마르셀의 마지막 사랑인 알베르틴 시모네 양은 가난한 고아로 친척인 봉탕 부인에 의해 길러진다. 프루스트는 알베르틴을 게르망트 공작부인과 정반대의 인물로 그렸다. 우선 그녀의 따뜻하고 친절한 마음이 게르망트 공작부인의 차가운 오만함과 비교된다. 무엇보다 게르망트 공작부인은 마음만 먹으면 갖지 못할 옷이 없었고 만날 수 없는 사람이 없었는데 덕분에 그녀는 패션이나 사람에 대한 어떤 안목도 없었다. 반면 알베르틴은 그 무엇도 자기 뜻대로 할 수 없는 처지에서 출발했기에 유행이나 예술에 대한 열정적인 호기심을 갖고 뛰어난 취향을 만들 수 있었다. 알베르틴은 그녀의 결핍이 만들어 준 재치와 교양 덕분에 많은 귀족 친구들을 둘 수 있었다.

알베르틴은 늘 주변 상황이나 지인들의 마음을 읽으면서 살아야 했다. 마르셀은 그녀의 배려심 많고 따뜻한 온정에 큰 힘을 얻곤 했다. 그러나 알베르틴은 자신이 여자를 좋아하는 여자라는 말을 하면 마르셀이 가슴 아파할까 봐 끝내 자기 마음의 진실을 알리지 못한다. 마르셀은 최고로 선한 의도에서 나온 최악의 거짓말에 시달리면서 늙어가게 된다. 프루스트는 알베르틴을 통해 초여름 바다의 포말처럼 하얗게 부서지고 또 부서지는 찰나의 아름다움을 형상화한다. 하지만 이 찬란한 순간도 죽음을 거역할 수는 없었으니 알베르틴의 이른 죽음은 마르셀에게 '망각'의 무시무시한 힘을 깨닫게 해준다.

6. 샤를 스완Charles Swann

샤를 스완은 부유한 유대인 증권업자의 아들로 최고의 교양을 자랑하면서 프랑스 상류층에 진입했다. 세련된 안목, 뛰어난 언변, 마르지 않는 재산, 어느 것 하나 게르망트 공작과 견주어도 부족함이 없었기 때문이다. 이런 그에게 꿈이 하나 있었으니 예술가가 되는 것이다. 스완은 페르메이르에 관한 연구를 마치고 뱅퇴유 소악절에 대한 감상을 정리한 다음, 곧바로 시대의 예술론을 쓸 계획이 있었다. 아, 그런데 어쩌면 좋은가! 쓰기만 하면 걸작이 될 것이니 굳이 오늘 펜을 잡고 생각할 이유가 없는 것을. 스완은 자신의 부와 재능을 과신한 탓에 창조에 들여야 할 모든 노력을 내일로 미루었다. 걸작이 탄생할 최고의 날을 하루하루 유예시키다가 그만 지루해져서, 그 다음부터는 걸작이라 할 만한 저술이나 예술품을 수집하는 일에 공을 들였다. 마담 베르뒤랭도 스완도 매일같이 뭔가를 사들이는 사람들이다. 그들에게는 물건이나 사람이 자기 정신의 공허와 일상의 권태를 메꿔 주는 도구에 지나지 않는다. 지방 부르주아의 아들에 지나지 않았던 마르셀도 처음에는 스완의 발자취를 따라간다. 하지만 마르셀은 죽음을 극복할 최후의 길을 찾으면서 스완 식 속물주의를 극복하게 되는데, 그것은 스완이 결코 할 수 없었던 일, 즉 '지금 이 순간 펜을 드는 것'이었다.

7. 샤를뤼스Palamède, Baron de Charlus

게르망트 공작의 동생으로 생 루의 삼촌이다. 마르셀에게 두 명의 반면교사가 있다면 바로 스완과 샤를뤼스 씨다. 샤를뤼스는 한때 오데트의 애인으로 알려지기는 했지만 실은 남자를 좋아하는 남자로서 일찍부터 소년 마르셀에게 호감을 보였다. 게르망트 가문의 일원들이 다 그러하듯 오만방자하기 짝이 없었지만 자신이 좋아하는 사물이나 대상에 대해서는 더할 나위 없이 겸손했다. 재봉사 쥐피앙에게 첫눈에 반했다가 나중에는 바이올리니스트 모렐과 연인이 된다. 새로운 연주법으로 주목받게 된 모렐을 따라 마담 베르뒤랭의 살롱에 들어갔지만 그 거침없고 무례한 태도 때문에 베르뒤랭 부인에게 큰 모욕을 당한다. 샤를뤼스는 그의 애인들이 자신을 배반하면서 계속 신분 상승해 가는 동안, 자기 사랑을 붙들고 끝도 없이 추락해 간다. 샤를뤼스의 펄펄 끓는 욕망은 대귀족의 품위라든가 예술에 대한 고상한 취향을 모두 녹여버리고 만다. 샤를뤼스는 프루스트가 생각하는 '한계 없는 정념'의 화신이다. 샤를뤼스처럼 사랑에 있어 정상과 비정상이라는 기준에 조금도 흔들리지 않는 인물은 『잃어버린 시간을 찾아서』 이전에는 없었다. 동성애란 부르주아 식 핵가족과 부부 중심의 사랑만을 허락하던 시대에 질병이나 다름없었다. 마르셀이 알베르틴의 동성애를 참을 수 없었던 것도 그런 시대 분위기가 있어서다. 하지만 그런 광폭한 시대를 샤를뤼스는 초연하게 통과한다. 프루스트는 늙어가는 샤를뤼스의 육체가 애욕 때문에 흐물흐물 무너져 가는 모습을 천천히 그리면서도 시대로부터 버림받는 이 사랑의 지독한 생명력을 놓치지 않는다.

8. 뱅퇴유Vinteuil

콩브레의 피아노 선생님으로 지내며 죽은 아내를 대신해서 홀로 딸을 키우고 있는 은퇴한 음악가이다. 프루스트는 클로드 드뷔시, 가브리엘 포레, 카미유 생상스, 뱅상 댕디 등의 음악을 모델로 뱅퇴유의 소나타와 7중주곡의 선율을 떠올렸다고 한다. 뱅퇴유 음악의 가장 큰 특징은 독특한 선율을 통해 저마다의 기억에 깊이 파묻혀 있는 고독과 번뇌를 끌어내어, 음악이라고 하는 초월적 선율의 조국으로 데리고 간다는 점이다. 그래서 뱅퇴유의 음악을 들으면 연인의 배신이나 벗의 죽음과 같은 끔찍한 슬픔을 더욱 온전한 형태로 실감하게 되고 음악이 끝남과 동시에 그 슬픔 자체를 세월이라고 하는 거대한 시간의 차원에서 조망하게 된다.

　　뱅퇴유의 음악은 동성애에 빠진 딸 때문에 맛보게 된 지독한 괴로움이 낳은 산물이었다. 프루스트는 청각을 상실한 베토벤이 느꼈을 법한 음악에 대한 열망을 뱅퇴유에게 투사한다. 뱅퇴유는 자기 개인적 고뇌를 풀고 해석할 방법을 음악으로부터 찾고자 했기 때문이다. 프루스트는 이 소심한 피아노 선생님을 음악의 신이 쓰고 버리는 악기처럼 그렸다. 뱅퇴유는 우주가 허락한 모든 음, 아직까지 그 누구도 듣지 못한 미지의 음색 하나하나를 찾기 위해 매일같이 피아노 위로, 악보 위로 몸을 던지다가 산화하기 때문이다. 이런 고투 자체로부터 지금까지 지상에는 없었던 음색 하나가 새롭게 울려퍼지게 된다.

9. 엘스티르Elstir

엘스티르는 마담 베르뒤랭의 '암사슴'으로 불리며 화가의 경력을 시작했지만 나중에는 거의 수도승처럼 생활하면서 빛과 색에 대한 연구를 거듭하는 거장이 된다. 프루스트의 엘스티르는 클로드 모네를 떠오르게 한다. 모네처럼 엘스티르도 노르망디 해안의 풍경이나 고딕 대성당의 모습 연작을 그리기를 좋아했고 작업실을 거의 회화를 위한 연구실처럼 사용했기 때문이다.

프루스트는 엘스티르의 성실한 수행에도 큰 비중을 두고 설명하지만 마르셀과의 관계에서 더욱 주목할 만한 부분은 예술의 원숙한 스승으로서의 모습이다. 엘스티르는 소년 마르셀에게 예술 작업에 필요한 기본적인 덕목을 가르쳐 준다. 예술가에게 가장 필요한 것은 자기 삶으로부터 계속해서 뭔가를 배우는 능력이다. 예술가는 특별하고 신기한 대상을 포착하는 사람이 아니다. 재주 있는 사람은 더더구나 아니다. 예술가는 어떤 경험 앞에서도 생각하기를 멈추지 않는 자다. 프루스트의『잃어버린 시간을 찾아서』는 정말이지 수만 번의 고쳐쓰기가 낳은 걸작인데, 우리는 작가 프루스트의 작업 방식을 엘스티르의 화실에서 찾을 수 있다.

10. 베르고트Bergotte

스완과 마찬가지로 마르셀의 꿈도 작가이다. 마르셀이 글쓰기의 최고 모범으로 삼는 인물이 바로 베르고트이다. 프루스트가 모델로 삼은 작가는 아나톨 프랑스, 폴 부르제(Paul Bourget) 등이라고 한다. 숭고한 뱅퇴유, 현명한 엘스티르와 달리 『잃어버린 시간을 찾아서』에서 베르고트는 대단히 희화화되어 있다. 딸기코에다가 꽥꽥대는 목소리까지, 누구에게도 호감을 줄 수 없는 외모에다가 경박한 언행도 심각해서 마르셀은 일찌감치 그에 대한 존경을 버린다. 베르고트를 웃기게 그림으로써 프루스트가 자신을 조롱하는 것처럼 느껴지기도 한다.

베르고트에게서 강조되는 점은 예술가에게 닥치는 시련이다. 그것은 업적에 대한 부담이다. 베르고트는 젊은 시절, 단지 언어 자체에 대한 관심에서 발랄하게 말의 리듬과 강세에 새로운 뉘앙스를 부여하면서 문단의 주요한 작가가 되었다. 이 성공은 베르고트에게 오랜 권태를 선사했고 그는 더 새로운 글을 써 내지 못하는 자신에게 지쳐 갔다. 그렇지만 베르고트도 죽기 직전에 큰 깨달음을 하나 얻는다. 작가에게 필요한 것은 '새로운 글'이 아니라 오직 '쓰고 있는 글'일 뿐이라는 것을. 마르셀은 베르고트가 남긴 진리와 함께 허영을 먹고 사는 부르주아의 길에서부터 이륙할 준비를 마치게 된다.

11. 프랑수아즈Françoise

프루스트가 상류사회의 사교계를 묘파하는 데 많은 공을 들이기는 했지만, 잘 들여다보면 작품 속에는 샤를뤼스 씨의 애인인 쥐피앙이나 모렐, 발베크 그랑 호텔의 집사와 대저택의 하녀들처럼 변변치 못한 신분에 속한 수많은 사람들이 모두 각자의 표정을 갖고 출현함을 알 수 있다. 엄격한 신분제 아래에서 각자 완전히 다른 삶을 사는 듯하지만, 실은 우리 모두가 죽음 앞에 서서 삶의 무상함과 싸우는 인간들이다. 그래서 프루스트가 가장 공을 많이 들이는 인물은 의외로 하녀 프랑수아즈이다. 프랑수아즈가 보여 주는 온갖 미덕과 악덕의 스펙트럼은 애욕의 화신인 샤를뤼스 씨가 겪는 정념의 온갖 스펙트럼에 맞먹을 정도로 방대하다. 프랑수아즈는 질투 나는 하녀에게 엄청난 양의 아스파라거스를 떠안기면서 손에 피가 날 정도의 고통을 선사했다. 아픈 외할머니의 머리를 억지로 다듬어 주면서 고통으로 일그러진 그 얼굴 앞에 갑자기 거울을 들이대며 죽음의 끔찍함을 환기시켜 주기도 했다. 멀리서 죽어 가는 병사를 위해서는 한 바가지의 눈물을 쏟으면서도 친구의 전사(戰死)에 대해서는 사람은 누구나 죽지 않냐며 웃고 지나가기까지 했다. 그런데 그 자신이 온갖 덕들의 화신이었던 만큼, 프랑수아즈는 생의 온갖 희비로 한 장 한 장 원고지를 채워 가는 마르셀의 작업을 깊이 이해하는 유일한 존재가 된다. 『잃어버린 시간을 찾아서』의 후반으로 갈수록 프랑수아즈는 그 자신의 요리로 거의 뱅퇴유, 베르고트, 엘스티르와 같은 예술가의 반열에 오르게 된다.

『잃어버린 시간을 찾아서』는 압도적인 분량과 마침표를 찾을 길 없이 이어지는 긴 문장으로 우리를 당황하게 한다. 인물들의 유년과 장년이 거침없이 이어 붙어 있고, 평범한 연애가 질투와 광기의 격정 치정극이 된다. 프루스트는 사소해 보이는 사건 하나가 이상한 시간-알약을 먹고 괴상하게 변하는 양상을 치밀하게 추적한다. 프루스트에게 평범하게 흐르는 시간이란 없다. 기억은 오류로 드러나고 망각은 환상으로 불어난다. 진실이란 어디에 있는 것일까? 프루스트의 시간 찾기는 결국 우리를 어디로 데려갈까?

시간이 워낙 엉켜 있어서 처음에는 작품이 잘 읽히지 않는다. 그런데 이 답답함은 첫 50페이지 안에 슬쩍 해소가 된다. 왜냐하면 프루스트가 주인공의 전 생애를 조각내어 이리저리 편집하면서도 어떤 규칙성을 부여했기 때문이다. 프루스트는 먼저 인물들이 어떻게 시간을 잃어버리고 사는지를 보여 준다. 그 다음 천천히 마르셀의 회상 속에서 새로운 생각들이 만들어지게 한다. 방대한 저작이지만 '시간 잃어버리기'와 '시간 되찾기'가 연속적으로 반복되는 방식을 벗어나지는 않는다. 프루스트에게 '되찾는 시간'이란 일회적 경험에 대한 깊이 있는 사색이라는 점만 유의하면, 우리는 쏟아지는 수많은 기억들 속에서 '마르셀이 또 어떤 지혜를 발견할까?'를 기대하며 읽어 갈 수 있다. 그러다 보면 어느새 「되찾은 시간」에 이르게 되고 유한한 내 삶이 얼마나 풍요로운 진리의 밭인지를 느끼게 된다.

7편의 작품 각각에서 제시되고 있는 '잃어버리는 시간'과 '시간 되찾기'의 이미지를 여러 회화 작품을 가지고 설명해 보았다. 각 편이 어떤 느낌으로 전개되는지를 그림을 통해 설명해 보고 싶었다.

제1편 스완네 집 쪽으로

샤를 글레르, 「잃어버린 환상(저녁)」, 1843

1-1. 잃어버린 시간 앞에서 ─ 출구 없는 권태와 허무

『잃어버린 시간을 찾아서』의 제1편 「스완네 집 쪽으로」는 한 사나이의 목소리로 시작한다. 그는 부와 명예 등 전부를 가지고 있지만 만사가 귀찮다. 프루스트는 이 사나이를 '시간을 잃어버린 남자'라고 부른다. 이 소설은 무시무시한 권태와 허무로부터 자신을 구하러 떠나는 그의 모험을 다룬다.

위 그림의 제목은 '잃어버린 환상'이다. 어깨를 축 떨어뜨린 저 사나이야말로 '시간을 잃어버린 남자'를 닮았다. 그림 전체를 지배하는 은은한 석양빛을 보자. 태양이 얼마나 찬란한 위용을 자랑했을 것인가? 젊음은 또 얼마나 화려한 생명력을 뽐내었을 것인가? 하지만 항구에서 저녁을 맞이하고 있는 사나이에게는 모든 것이 '인생무상'(人生無常)이다. 그의 왼팔은 죽음에 빨려 들어가기라도 한 듯 이미 어둠 속에 잠겨 있다. 어떻게 하면 이 남자를 다시 일으켜 세울 수 있을까?

프루스트가 제시하는 방법은 하나다. 바로 과거로의 여행! 오욕에 찬 과거라면 그 쓴맛을 또 맛봐야 할 것이고, 영광에 찬 과거라면 되돌릴 수 없는 상심에 괴로울 텐데도 말인가? 설령 돌아가고 싶다고 해도 이미 지나가버렸는데 그것이 어떻게 가능한가? 프루스트는 이런 걱정일랑 말라고 한다. 무의지적으로 돌아오는 기억을 천천히 맛보기만 해도 이미 시간 여행은 시작된단다. 도대체 이게 무슨 말일까?

그림으로 보는 『잃어버린 시간을 찾아서』

에티엔 모로, 「책을 가진 아이」, 1903

1-2. 시간 여행자는 누구인가?

위 그림 속 책을 가진 아이는 「스완네 집 쪽으로」에 나오는 어린 마르셀을 닮았다. 많은 사람들이 어린 프루스트의 모습에 주인공 소년을 오버랩시키곤 한다. 하지만 프루스트는 소설에 자기 모습을 담을 생각은 없었다. 그는 특히 마르셀을 특별히 개성 없는 인물로 그렸다. 어릴 때부터 그랬는데, 작은 피아노와 따뜻한 느낌의 카펫, 소박한 의자 안에 깊숙이 몸을 묻고서는 사랑만 먹고 클 것 같은 이 모습은 당시 부르주아 가정의 소년들이라면 다 똑같았기 때문이다.

그런데 우리는 안다. 누구나 유년의 안락한 소파에서 걸어 나와야 한다는 것을. 작품 속 마르셀도 서서히 세상의 온갖 달고 쓴 맛을 다 보게 된다. 고상하기만 했던 스완 씨의 타락도 지켜보고, 순수했던 연인의 거짓에 뒤통수도 맞아 보고, 사랑해 마지않는 육친의 죽음도 경험하면서. 결국 소년은 알게 된다. 참으로 읽어야 할 것은 남이 쓴 책이 아니라 자신이 살아 낸 경험이라는 것을. 우리는 이 순진해 보이는 소년이 삶-읽기의 거장으로 자라나는 과정을 지켜보게 될 것이다.

잃어버린 시간을 찾아서, 되찾은 시간 그리고 작가의 길

1-3. 잃어버린 낙원—콩브레, 신들의 고향

프루스트는 제1편「스완네 집 쪽으로」를 콩브레에서 시작한다. 콩브레는 시골 부르주아들이 조용히 모여 있는 소박한 동네이다. 카유보트의 그림에서처럼 간소하게 차려입은 부인들이 누구네 집에 모여서 각자 수를 놓거나 책을 읽는다. 여기서는 '어느 댁 하인이 어젯밤 아이를 낳았다더라!', '오늘 저녁에는 스완 씨를 초대해서 담소를 나눠 보자!' 이런 평범한 이야기가 이웃나라 전쟁 소식만큼이나 중요할 것이다.

왜 프루스트는 이 한적한 마을을 시간 여행의 원(原)-풍경으로 제시하는 것일까? 차차 나오게 되겠지만 콩브레는 파리라고 하는 욕망의 도가니, 자기 성취와 입신출세라는 목표에만 대롱대롱 매달려 사는 사람들의 편협한 세계와는 정반대되는 장소이다. 콩브레는 정원에 핀 꽃들의 향기와 이웃에 사는 친구의 위안이야말로 인간이 누릴 수 있는 지복(至福)임을 아는 사람들의 세계다. 마치 저 위대한 그리스의 신들처럼 자기의 덕성 외에는 삶에 어떤 초월적 기준도 갖고 들어오지 않는 사람들의 낙원이다. 우리는「스완네 집 쪽으로」에 나오는 레오니 아주머니와 왈라리 할멈을 저 위대한 신들처럼 바라보아도 좋겠다.

그림으로 보는『잃어버린 시간을 찾아서』

1-4. 시간을 되찾게 해주는 힘—내 낙원의 주인이신 어머니

콩브레는 허무함을 모르는 세계의 상징이다. 그리고 그 낙원을 지탱하는 것은 어머니다. 콩브레가 대도시 파리의 가식과 거짓을 정확하게 비판하는 축이 되듯, 어머니는 작품 속에 등장하는 위선과 허영에 찬 여성들의 초라한 삶을 되비춰 주는 거울이 된다.

프루스트가 작품 속에서 어머니를 그리는 방식은 카르파초의 그림을 닮았다. 그림 속 어머니는 어디 계실까? 끔찍한 전투와 숭고한 죽음이 부각되는 이 회화에서 어머니 모습을 찾기란 쉽지 않다.『잃어버린 시간을 찾아서』에서도 마찬가지다. 마르셀의 어머니와 외할머니는 주요 사건을 끌고 가는 역할은 하지 않는다. 그런데 잘 보자. 위의 그림 오른쪽 하단에는 검은 옷을 입고 성녀에게 축원을 드리고 있는 사람이 있다. 이 어머니는 성녀의 어머니인가? 알 수 없다. 그러나 그녀가 성녀의 죽음을 어떻게 대하는지는 분명하다. 어머니는 처참한 비극 전체를 자신의 업으로 느끼며 오열한다. 그렇지만 태어남과 죽음의 필연성을 이해하고 만물의 운명을 축복한다. 흰 수건으로 머리를 감싸고 한없이 자신을 낮추면서 생명을 위해 기도하는, 이 어머니의 두 손이 작품 전체를 지탱한다. 프루스트는「스완네 집 쪽으로」에서 작품 전체가 어머니의 거대한 사랑으로 지탱될 것임을 예고한다.

잃어버린 시간을 찾아서, 되찾은 시간 그리고 작가의 길

산드로 보티첼리, 「모세의 재판」(부분), 『모세의 생애 일화들』 중에서, 1841~1842

1-5. 시간을 잃어버리는 방법①―환상과 착각

프루스트는 「스완네 집 쪽으로」에서 단도직입적으로 우리가 어떻게 시간을 잃어버리는지를 설명한다. 그것은 스완 씨가 오데트에게 반하는 장면에서다. 권태에 허우적대던 스완 씨는 오데트가 위 그림의 미녀랑 꼭 닮았다며 청혼을 해버리고 만다. 하필 오데트가, 딱 스완 씨 앞에서, 갑자기 어깨를 기울이며 창백한 표정으로 뭔가를 응시했기 때문이다. 그러나 어쩌나? 현실의 그녀는 거장 보티첼리로 하여금 붓을 들게 할 정도의 예술적 영감을 품은 존재가 아니었으니. 모든 것은 보티첼리를 너무 흠모했던 스완 씨의 환상이었다.

프루스트는 이 장면에서 우리에게 이렇게 묻는다. 당신은 어떤 삶을 꿈꾸는가? 어떤 사람처럼 살고 싶은가? 무엇을 갖고 싶고 무엇을 누리고 싶은가? 당신은 이 모든 질문의 답을 어디서 구하고 있는가? 자신의 의견 하나, 자신의 취향 하나, 자신의 예술론 하나를 갖기 위해 애써야 할 시간에 보티첼리의 모델만 찾아다니다가는 세월 다 잃어버리고 말 것이다.

1-6. 시간을 잃어버리는 방법② — 이상주의

보티첼리만 쫓아다니다가는 낙원에서 쫓겨나게 된다. 지상의 낙원은 지금 이 순간 밖에 없기 때문이다. 스완 씨의 불행한 결혼 소식 이후부터 소설은 줄기차게 낙원에서 쫓겨난 수많은 스완 씨들을 보여 준다. 그들은 푸생의 그림 속 이브처럼 손가락을 저 먼 하늘에 둔다. 그런데 있어야 마땅한 덕과 누려야 마땅한 미, 지금 여기에 없는 모든 이상적 진리를 찾다가는 늘 결핍에 시달릴 수밖에 없다. 지금 이브는 얼마나 초조할까? 이것이 프루스트가 말하는 시간을 잃어버리고 사는 사람들의 마음 상태다. 늘 천상만 바라보는 자의 불안함과 두려움. 푸생의 이브와 아담은 지금 이상이 안 맞아 싸우고 있다.

피에르 조르주 잔니오, 「마담 마들렌 르메르의 살롱」, 1891

1-7. 시간을 잃어버리는 방법③─사교에서의 사치와 과시

「스완네 집 쪽으로」에서 후반부를 장식하는 것은 콩브레와 정반대인 공간 마담 베르뒤랭의 살롱이다. 베르뒤랭 부인은 어쩌다 많은 돈을 쥐게 된 프티부르주아였는데, 자신의 살롱으로 내로라하는 지식인과 예술가들을 불러 모아 날마다 파티를 열었다. '더 새로운 물건은 어디 없을까? 트렌드를 만들어야 해, 더욱 사람들을 자극해야 해!' 이것이 베르뒤랭 부인의 머릿속에서 항상 울리는 노래였다.

그런데 잘 들여다보자. 악사 옆에서 다른 남자와 담소를 나누고 있는 부인이 지금 무슨 생각 중일까? 그녀는 진지하게 노래하는 악사와는 달리 음악에는 아무런 관심이 없어 보인다. 이번에는 살롱의 참석객들을 한번 쭈욱 훑어보자. 노란 드레스의 여인은 옷을 과시하느라 허리가 아플 지경이다. 이런 음악쯤은 진작에 다 마스터했다는 듯 거만하다. 그녀 뒤에 한 손으로 머리를 바친 신사나 그 옆에 졸고 앉아 있는 안경 쓴 신사도 모두 딴생각을 하는 것 같다. 이 살롱은 서로에게 자신의 교양과 취미를 과시하고 유행에 맞게 살기 위해 물건과 인물을 모아두는 작은 어항에 지나지 않는다.

1-8. 시간을 되찾는 방법① — 구체적이고 감각적인 사물의 인상을 쫓아라!

당신은 이 한 단의 아스파라거스를 보고 무엇이 떠오르는가? 아스파라거스의 하얀 몸통은 영양분을 충분히 머금은 탓에 대단히 육감적으로 보인다. 싱싱한 푸른 잎들은 온 몸으로 햇빛을 흡수하고 지력을 끌어 올린 자신의 노력을 뽐내고 있다. 동시에 아스파라거스는 겸손하게도 하나의 요리를 꿈꾼다. 회화는 평면 예술이라지만, 이 하얀색이 표현하고 있는 질감은 아스파라거스가 보냈을 사계를 짐작하게 한다. 마네는 어떤 마음으로 이 아스파라거스를 그렸을까? 아스파라거스를 단지 먹을거리로만 보지 않을 때, 하얗고 푸른 이 감각인상들은 아스파라거스의 생애라고 하는 장엄한 드라마를 펼쳐 보여 줄 것이다.

사실 아스파라거스는 「스완네 집 쪽으로」에서 가장 무서운 무기로 나온다. 프랑수아즈가 임신한 하녀를 질투해서 저 푸른 잎들을 손에서 피가 나도록 벗기게 하기 때문이다. 우리는 1편에서 아스파라거스만이 아니라 마들렌 과자나 돌멩이, 길가의 수목들처럼 감각적인 사물들의 출현에도 주의를 기울여야 한다. 프루스트가 콩브레를 낙원의 원풍경으로 제시했던 것은 그 고장 사람들이 지금 여기에서 느낄 수 있는 색, 맛, 음향 같은 것만이 참되다고 생각했기 때문이다. 「스완네 집 쪽으로」에서 프루스트는 무참히 시간을 잃어버리고 있는 와중에도 우리가 이런 참된 것들을 순간순간 맛보고 있음을 보여 준다.

제2편 꽃핀 소녀들의 그늘에서

클로드 모네, 「트루빌 해변의 보도」, 1870

2-1. 잃어버리는 시간—휴가, 현실 너머의 가짜 낙원

제2편의 주된 배경은 '발베크'라는 노르망디 해안가의 멋진 휴양지이다. 모네가 그린 위의 노르망디 해변의 도시 트루빌은 발베크를 고스란히 느끼게 해준다. 프루스트는 카부르(Cabourg)라는 고장을 모델로 했다고 한다. 오른쪽에 보이는 고급 호텔들은 파리의 귀족들과 대부르주아들을 받아들일 준비로 지난 계절을 바쁘게 보냈으리라. 초여름의 싱그러운 바람을 맞으며 청춘들이 데이트한다. 바닷가로 내린 계단들은 갑갑한 신분, 어쩔 수 없는 처지에서 어서 내려오라고 말하는 듯하다. 빛나는 모래밭과 시원스레 펼쳐진 하늘은 여기야말로 자유의 세계라는 듯 찬란하다. 그런데 해변에 길게 깔려 있는 저 나무데크는 무엇을 의미할까? 맨발로는 바다에 내려가고 싶지 않은 사람들의 산책로다. 고급 구두와 드레스가 상하지 않는 범위에서 바다를 즐기고 싶은 사람들의 편협한 욕심이 만든 길이다. 청년 마르셀은 발베크의 멋쟁이들이 모두 이 위에서 한 걸음도 내려오고 싶어하지 않는다는 것을 발견한다.

그림으로 보는 『잃어버린 시간을 찾아서』

르네 자비에, 「카부르의 카지노」, 1930

2-2. 잃어버리는 시간—파티, 쾌락과 피로의 늪

생기발랄한 청춘들이 호텔의 카지노에서 자유롭게 춤을 춘다. 이들의 복장과 세련된 춤사위는 한두 번 놀아 본 솜씨가 아니다. 청춘들은 출세를 해야 된다는 야망도 내려놓고 목숨 걸 사랑도 내려놓고, 그저 순간의 쾌락에 몰두한다. 이렇게라도 하지 않으면 견딜 수가 없어…. 그런데 기타를 든 악사의 표정을 보자. 즐겁지도 싫지도 않다. 하지 않을 수 없어서 그냥 연주 중이다. 악사들에게는 이곳이야말로 답답하고 지루한 일터이니까. 창밖은 지금 어둡다. 누군가에게는 향락이 누군가에게는 일이 되는 출구 없는 상황이다. 실제로 카부르의 카지노를 묘사한 그림인데, 프루스트도 제2편에서 발베크의 카지노를 묘사한다. 음악에 몸을 맡길수록 피로만 더해 가는 상황으로 말이다.

2-3. 시간을 되찾는 방법② — 감각인상으로부터 색채의 진실로

「꽃핀 소녀들의 그늘에서」에는 프루스트가 얼마나 자연의 다채로운 풍경들을 사랑하는지가 잘 나온다. 프루스트는 사계절의 바다와 매 순간의 바다, 재잘거리는 사춘기 소녀들의 바다와 색채 표현을 위해 씨름하는 예술가의 바다 등 온갖 바다 이야기를 풀어놓기에 여념이 없다.

프루스트는 모네의 「바다 연작」 시리즈를 염두에 두었던 듯하다. 모네는 수련과 성당, 건초더미 등을 보며 많은 연작을 남겼다. 모네는 단 한 번도 같은 모습으로 돌아오지 않는 파도에 주목했다. 그는 찰나가 명멸하는 그 순간의 인상들을 남김없이 다 긁어모으려 했던 것일까? 완벽한 바다를 그리려고? 아마 모네는 보았을 것이다. 하얗다 혹은 파랗다와 같은 언어로는 절대로 이 색들을 포착할 수 없다는 것을. 기존의 어떤 색배합으로도 파도가 만드는 하얀 포말의 느낌을 충분히 재현할 수 없다는 것을. 마르셀은 발베크의 바닷가에서 엘스티르의 아틀리에를 방문하게 된다. 그곳에서 화가가 남겨 놓은 엄청난 양의 습작을 보면서 단 한순간도 같지 않은 시간의 무한함을 실감한다.

제3편 게르망트 쪽

장 베로, 「트리니티 교회 앞에서」, 1890

3-1. 잃어버리는 시간―타인의 시선만 쫓아다니는 대도시 생활

이제 본격적으로 파리라고 하는 대도시의 상류 사회 속으로 들어가 보자. 「게르망트 쪽」부터는 파리, 파리, 또 파리의 연속이다! 저 빨간 치마 드레스의 레이스는 아마 당대 최고급 제품이었을 것이다. 귀부인의 도도한 목은 멋지고 화려한 모자를 위해 빳빳이 들려 있다. 온통 핑크핑크인 꽃모자를 쓴 그녀의 친구는 딱 봐도 고급인 모피 코트를 걸쳤다. 그녀들은 지금 무엇을 기다리는 것일까? 오른쪽으로 마차들이 다가온다. 어디 핫하다는 살롱에 셀럽들이 모여들고 있나 보다. 부인들 뒤로 사이좋게 걸어가는 파란 모자의 소녀와 흰 스카프의 소년은 마르셀과 질베르트 같기도 하다. 이들도 나중에는 저 붉은 귀부인을 따라 사교계에 나가게 되겠지.

이번에는 조금 멀리 떨어져서 그림을 감상해 보자. 왼편으로 으리으리하게 솟은 건물은 교회일까, 고급 사립학교일까? 과연 저만큼 차려입지 않아도 들어갈 수 있는 곳일까? 오른쪽에 깔려 있는 도로는 이렇게 사는 것이 당연하다는 듯 잘 정돈되어 있다. 모두 멋지고 당당한 차림새들뿐이다. 그러나 누구도 24시간 저런 포즈로 우아하게 서 있을 수는 없다. 파리라고 해도 저런 근사한 도로만 있지는 않겠지. 왜 그 밖의 것들은 잘 보이지가 않을까? 자세히 들여다보니 저 붉은 여인이 도대체 누굴 보고 웃는지 모르겠다. 그저 보이기 위한 차림, 보이기 위한 삶이다. 이렇게 우리는 시간을 잃어버린다.

3-2. 잃어버리는 시간―허욕으로 가득 찬 마음

장 베로는 최상류층 귀부인들의 화려한 겉모습도 많이 그렸지만 위의 작품처럼 초라한 뒷골목 선술집에서 싸구려 술 한 잔을 시켜 놓고 뭔가를 궁리하는 야심 찬 아가씨들에게도 눈길을 주었다. 이 아가씨는 스완의 오데트를 닮았다. 혹은 바로 앞에서 본 새빨간 드레스의 아가씨일지도 모르겠다. '더 높은 신분, 더 비싼 마차를 어떻게 하면 얻을 수 있을까?' 하지만 이 꿈은 신경질적으로 담배를 물고 있는 사나이의 어두운 표정과 옷차림으로 보아 찝찝한 결론을 맞게 될 것이다.

프루스트는 「게르망트 쪽」에서 대귀족 세계를 지탱하는 엄청난 교양과 문화, 인맥과 권력을 보여 주면서도 이 세계를 지탱하는 것이 퇴폐적 물질주의임을 놓치지 않는다. 거짓말쟁이 연애술사 오데트, 세련된 물건을 갖추면 세련된 인생을 사는 줄 알았던 마담 베르뒤랭, 구태의연한 관습만 뜯어먹고 살면서도 대책없이 오만했던 게르망트 공작부인. 이들은 모두 더 많은 것들을 소유하기에 혈안이 된 채로 급속하게 늙어간다.

그림으로 보는 『잃어버린 시간을 찾아서』

제4편 소돔과 고모라

앙리 드 그루, 「대중의 반유대주의에 시달리는 에밀 졸라」, 1898

4-1. 잃어버리는 시간—군중 속에 파묻히다

4편 「소돔과 고모라」는 제목이 자극적이다. 프루스트는 이 편에서 본격적으로 사적인 기억과 공적인 기억의 차이라든가 집단적 기억이 갖는 광기의 문제를 다룬다. 위의 그림은 「소돔과 고모라」 전반을 관통하는 '드레퓌스 사건'을 표현하고 있다. 드레퓌스 대위(Alfred Dreyfus, 1859~1935)라는 군인이 있었는데 유대인이라는 이유로 군사 기밀을 적국에 넘겼다는 오명을 썼다. 나중에 무죄가 밝혀지기는 했지만 드레퓌스를 둘러싼 재판의 전 과정은 프랑스 내 반유대주의의 민낯을 보여주었다. 그림 속 흰옷 입은 신사는 에밀 졸라(Émile Zola, 1840~1902)다. 그는 드레퓌스를 옹호했다는 이유로 화가 난 군중들에게 쫓기고 있다. 군중은 이렇게 외치는 중이다. "우리들의 믿음을 위해 너는 죽어 줘야겠어!"

프루스트는 4편에서 민족 순혈주의, 자민족 중심주의가 사람의 존엄을 마구 짓밟는 형국을 구석구석 보여 준다. 바로 이런 무리도덕의 광기가 사랑의 영역에서는 동성애를 죄로 몰고 있었다. 우리가 어떻게 충만한 이 현재를 낭비하고 마는가? 나의 의견이 아니라 '우리의' 의견에 깊이 의지하면서.

4-2. 잃어버리는 시간—편협한 상식에 의지하다

검은 드레스를 입은 두 여인은 여고 동창생처럼 보이기도 한다. 여인들 오른편에 붉은 상의의 드레스를 입은 또 한 사람의 여성이 있다. 그럼 그녀 앞에는 누가 있을까? 검은 드레스로 하나가 된 이 여인들의 마음은 어쩌면 모든 것을 불태워버리고 싶은 정념으로 들끓고 있을지 모른다. 앗! 그런데 오른쪽 상단에 이 여인들을 못마 땅하게 내려다보는 신사의 얼굴이 보인다. 그는 질투에 사로잡혀 있는 것일까? 로 트레크는 춤추는 여성들을 둘러싼 긴장을 바닥의 부드러운 녹색과 이 댄스홀 벽면의 녹색 잎들로 감싼다. 여인을 사랑하는 여인도 그들을 미워하는 남자도 사랑이라는 이름이 허락한 모든 마음들이다.

「소돔과 고모라」에는 바로 이 댄스 장면이 나온다. 소설에서는 마르셀이 저 눈썹 올라간 신사 역할을 맡는다. 프루스트는 자연이 허락한 사랑의 모든 길을 애써 외면하는 마르셀의 번민을 자세히 다룬다.

제5편 갇힌 여인

5-1. 잃어버리는 시간―좋은 기억의 반복만을 원하다

「갇힌 여인」을 단 하나의 이미지로 소개하라면 나는 뭉크의 이 작품을 갖고 오고 싶다. 프루스트는 「갇힌 여인」에서 물질세계의 무상함을 정신세계의 열정으로 대체하려 했던 마르셀의 모든 시도가 엉망이 되어 가는 것을 천천히 보여 준다.

영원하기를 바라지만 가장 영원할 수 없는 것이 무엇일까? 만물은 생로병사를 겪는데 어찌 사랑에 끝이 없으랴? 뭉크의 연인들은 서로의 감옥에 갇혀 있다. 여인의 풀어헤친 가슴과 헝클어진 머리, 처지고 멍한 눈은 사태가 왜 이렇게 전개되었는지를 몰라 난감한 상황을 고스란히 표현해 준다. 그토록 진실했던 사랑이 속절없이 뚝 끊어진 것을 이해할 수 없어 두 사람 모두 머리카락을 쥐어뜯는다. 숲의 바닥은 이미 여인의 옷과 같은 색깔이다. 프레임의 왼쪽 면 위에서부터 내려오는 답답한 회색은 이제 화면 아래에까지 흘러내린다. 사랑했던 과거를 부정할 수도 없고, 상대와 완전히 이별할 수도 없는 상황에 점점 더 갇혀 간다. 이들은 자기 사랑에 대한 몰이해로 곧 압사할 것이다.

얀 페르메이르, 「델프트의 풍경」, 1660~1661

5-2. 시간을 되찾는 방법③─사색하고 수련하기

5편 「갇힌 여인」부터는 본격적으로 시간을 되찾는 방법에 대한 이야기가 나온다. 마르셀은 알베르틴이 동성애자라는 것을 인정할 수 없어서, 그녀를 자기 아파트에 감금한 뒤 혼자 전전긍긍하면서 세월을 갉아먹고 있었다. 그러던 중 들려오는 충격적인 소식 하나. 바로 평생을 존경해 왔던 작가 베르고트의 죽음이었다. 그런데 베르고트는 죽기 직전에 허무로부터 자신의 삶을 구원할 길 하나를 발견했던 모양이다. 베르고트가 반했던 작품을 보도록 하자. 네덜란드의 항구 도시 델프트이다. 거대한 상선이 먼 바다에서 위대한 보물을 들여오는 것도 아니고 정복전쟁에서 돌아온 영웅들의 환영식이 있을 것도 아니다. 시끌벅적했던 어시장도 모두 정리되고 난 뒤, 아낙들의 평온한 한담이 항구의 정적을 조용히 깨뜨린다. 하늘과 바다를 치우침 없이 나누고 있는 낮은 건물들은 세상의 이치란 이와 같은 조화에 있다고 겸손히 말한다. 베르고트는 늦은 오후의 마지막 햇빛을 받은 이 건물의 황금빛 외벽을 보고 소스라치게 놀랐다. 그 자리에는 셀 수도 없을 만큼 공들인 화가의 붓질이 있었기 때문이다. 이 작은 어구의 평범한 오후는 어떤 구석의 색칠에도 소홀함이 없었던 화가의 장인정신이 만들어 낸 분위기였다. 젊은 시절에 얻은 명성 안에서 권태의 쓴맛만 느끼고 살던 베르고트는 이 그림을 보고 깨닫는다. 죽을 때까지 작가로서 자신이 해야 할 일은 고쳐 쓰는 일뿐이라는 것을. 화가는 이 작품을 완성하고 나서가 아니라, 매 순간의 색칠 속에서 이미 자유로웠다는 것을. 마르셀은 서서히 자신도 뭔가를 쓰고 싶다는 생각을 하게 된다.

그림으로 보는 『잃어버린 시간을 찾아서』

제6편 사라진 알베르틴

6-1. 잃어버리는 시간―과거에 사로잡혀 현재를 보지 못하다

「사라진 알베르틴」. 제목부터 딱 감이 온다. 갇혀 있던 알베르틴이 탈출을 했구나! 그녀는 과연 돌아올까? 위의 그림을 보고 짐작하겠지만, 그녀는 사라진다. 저 망각의 강 너머로. 머리가 백골이 되어버린 이 사나이는 한 손에 지팡이를 쥐고 있지만 길을 잃은 표정이다. 그의 왼손과 왼 다리는 무시무시한 악귀에게 힘이 다 빨린 듯하다. 주인만큼이나 신경질이 난 개도 사방이 두렵다는 듯이 몸을 웅크리고 있다. 온통 검은 옷, 검은 배경이다. 망연자실! 도대체 이 사나이는 어쩌다가 이 막막한 공포의 우물에 갇혀버린 것일까? 바로 사랑이다. 그의 붉은 입술과 붉은 귀, 무엇보다 작은 심장이 붉게 뛰고 있다. 테이블에는 온갖 맛의 사랑이 지저분하게 놓여 있다. 게오르그 그로스의 사나이는 이미 죽고 없는 연인이 생전에 흩뿌려 놓은 온갖 배신을 하나하나 다시 맛봐야 했던 마르셀의 끔찍한 마음을 고스란히 전달해준다. 그녀의 육신을 묻을 수는 있지만 죽지 않은 내 사랑을 묻을 수는 없다. 그러나 대반전이 마르셀을 기다리고 있었으니! 시간을 이길 수 있는 것은 아무것도 없었다. 이토록 절절한 사랑도 결국 잊혀진다.

비토레 카르파초, 「악령 들린 사람에게서 마귀를 몰아내는 디 그라도 대주교」, 1494

6-2. 시간을 되찾는 방법④ — 지금 여기의 다채로운 삶에 고개 돌리기

「사라진 알베르틴」의 끝부분에 마르셀은 그토록 갈망하던 베네치아 여행에 오르게 된다. 카르파초의 이 그림은 마르셀이 베네치아에서 다시 떠올리게 되는 그림 중 하나다. 중세 베네치아의 일상을 잘 보여 준다. 왼쪽 상단에서는 그라도의 대주교가 구마의식을 거행하고 있다. 하지만 리알토 다리 아래로부터 회랑 쪽으로 걸어 나오는 사람들, 곤돌라를 타고 움직이는 사람들의 하루는 주교의 엄숙한 업무와 상관없이 다채롭고 역동적이다. 왼쪽 하단에 모여 있는 사람들은 인종도 다르고, 옷차림도 다르다. 중세 최고의 무역항답게 수많은 인간 군상들이 제 욕망을 따라 바삐 움직인다. 마르셀이 베네치아를 흠모했던 것은 그곳에 명작이 많다고 들었기 때문이다. 하지만 이 수상도시에서 마르셀은 비로소 위대함이란 예술 자체에 있는 것이 아니라 그것을 향유하려는 인간에게 있음을 깨닫는다. 마르셀은 운하를 따라 구불구불 이어지는 골목들을 걸으며 애욕에 빠져서 허우적대던 어리석고 이기적인 상태로부터 벗어난다. 그는 천천히 글 쓸 준비를 마친다.

제7편 되찾은 시간

카를 브튤로프, 「폼페이 최후의 날」, 1830~1833

7-1. 잃어버리는 시간 — 이 모든 것은 무로 돌아가리라

갑자기 터진 화산으로 고대 문명 도시 폼페이가 녹아내리고 있다. 7편 「되찾은 시간」에서는 폼페이가 무너지듯이 벨 에포크라는 화려한 한 시대가 스러진다. 계기는 1차 세계대전의 포화 때문이지만 프루스트는 이것을 한 시대의 자연사(自然死)처럼 그린다. 도시의 귀족들과 아름다운 미녀들, 사랑스런 아이들은 폼페이의 풍요와 여유가 언제까지나 이어질 것이라고 생각했으리라. 그러나 자연은 영원에 대한 인간의 꿈에는 아무런 관심이 없다. 시간의 광포한 움직임이 어리석은 이 존재를 어디로 데려갈지 인간은 알 수 없다. 마르셀은 도처에서 폭격을 맞아 불기둥이 솟아오르는 것을 보면서 시간이 떠안기는 무참함을, 생에 대한 깊은 허무함을 다시한 번 느낀다.

7-2. 시간, 생을 조각하는 예술가

어느 날 마르셀은 갑자기 자신이 무척이나 늙었다는 것을 발견하게 된다. 살롱을 둘러보니 마담 베르뒤랭도 게르망트 공작부인도 이미 허리가 굽어 있었고, 화려했던 그녀들을 비웃기라도 하듯 이제 대귀족의 저택은 신세대의 놀이공원이 되어 있었다. 모든 것이 쇠락한다! 그런데 이런 아이러니가 있을까? 마르셀은 자신의 노쇠를 실감하는 바로 그 순간에 하나의 계시를 받는다. 자신이 써야만 하는 것이 '시간'임을 알게 된 것이다.

마르셀이 그림을 그렸더라면 어떤 작품이 되었을까? 위 그림은 만년의 렘브란트이다. 화가는 현실의 어떤 문제나 모순도 자신의 두 눈으로 이해하겠다는 듯 단호히 입술을 다물고 있다. 거친 눈매와 그 주위와 이마에까지 펼쳐져 있는 깊고 굴곡진 주름들은 그가 어떻게 그림을 그려 왔는지를 말해 준다. 이제 렘브란트가 맞닥뜨리는 최후의 적은 예술사적 성취도 아니고 대중의 냉혹한 평가도 아니다. 그는 지금, 붓을 쥘 힘을 앗아가고 대상에 대한 집중력을 흐리는 육신의 노쇠와 맞서고 있다. 자신으로부터 창조성과 에너지를 한 알 한 알 뽑아 가는 시간이야말로 그의 화폭이 대결하는 대상이다. 시간이 자신의 얼굴에 저런 주름을 새기고 있을 동안 렘브란트는 시간의 파괴력과 창조력을 자기 붓으로 옮기려 애쓴다. 렘브란트는 이 전투에 임하는 자신의 얼굴에 황금빛을 드리웠다. 보라! 이런 투쟁은 영광스럽노라!

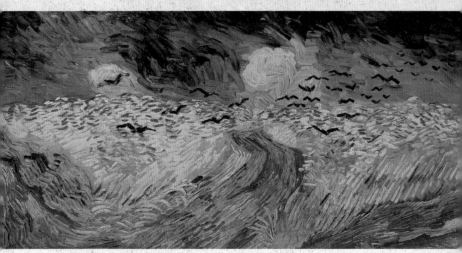

7-3. 시간을 되찾는 방법⑤ — 무한한 시간을 품은 예술과 함께

시간을 되찾는다니? 이것이 무슨 말인가? 프루스트는 예술을 통해서 비로소 우리
는 무한한 차원의 깊이를 실감하게 된다고 한다. 반 고흐의 까마귀들을 보자. 노랗
고 때로는 울긋불긋하기까지 한 밀밭으로부터, 어두워지기는 하지만 우울해 보이
지는 않는 하늘을 향해 까마귀들이 날아간다. 검은 새들은 밀밭의 강력한 중력을
느끼면서도 채 어두워지지 않은 시공으로 막 몸을 일으키고 있다. 우리는 반 고흐
의 밀밭 앞에서 까마귀 한 마리 한 마리의 몸짓 이상의 것을 각자의 방식으로 깨닫
는다. 저것은 탐욕스럽게 지상을 뜯어먹으려는 죽음의 날갯짓인가? 풍요로운 가
을을 축복하는 자연의 찬가인가? 누가 어떤 자리에서 이 그림을 보는가에 따라 해
석은 천 갈래 만 갈래 길로 뻗어 갈 것이다. 마르셀은 「되찾은 시간」에서 자신이 쓰
게 될 작품은 결국 독자들의 안경이 될 뿐이라고 한다. 예술을 통해 감상자는 결국
자신을 읽는다. 자신의 도덕과 미의식을, 그가 자기 삶을 어떤 빛깔과 무늬로 채우
고 싶은가를. 그는 예술가가 마련해 준 작품이라는 안경을 쓰고 자기 생을 되돌아
볼 기회를 얻게 된다.

[왼쪽]프루스트의 아미앵 스케치, 1901~1904(추정) [오른쪽]모네, 「루앙 대성당」 연작 중, 1894

7-4. 되찾은 시간—참된 예술은 시간을 낳는다

프루스트는 자신의 소설이 고딕 성당처럼 되기를 원했다. 고딕 성당은 장구한 세월을 통해 지어진다. 신을 향한 끝 모르는 기투는 몇백 년의 시간쯤은 아무것도 아니라고 보기 때문이다. 성당이 지어지는 동안 최초의 설계는 조금씩 덧붙여지거나 바뀌고 재료가 변화되고 기술이 달라지며 성당에 투사하는 사람들의 욕망이 달라진다. 성당은 그 모든 시간을 동시에 공명시키면서 신도들에게 상이한 시간들을 계속해서 초월해 가는 신성을 느끼게 해준다. 그러면서도 성당을 감도는 초월성은 단 한순간도 고정된 모습일 수가 없는데, 왜냐하면 스테인드 글라스를 통해 들어오는 빛들 때문이다. 해와 대기는 단 한 번도 같은 하늘을 만든 적이 없다. 성당 안은 외부로부터 전달되는 생멸의 기운을 색깔 유리의 다채로움으로 소화하면서 매번 다른 아우라가 성당 안을 채우도록 한다.

프루스트는 우리가 경험하는 다양한 시간들이 동시에 공명하면서 끊임없이 새로운 생각을 불러일으키는 소설을 쓰고 싶었다. 인간의 삶은 유한하고 시간은 모든 것을 무로 되돌린다. 그러나 예술은 끊임없이 우리 기억을 환기시키면서 시간의 무한한 깊이와 넓이를 실감하게 해준다. 지금 이 자리에서 내가 불러들이는 온갖 이야기들 속에서 인간은 영원을 경험한다. 인간이란 시간이 통과하는 하나의 물질에 불과하다는 인식은 우리의 모든 시도를 허무하게 느끼게 한다. 그렇지만 우리는 한 편의 소설과 함께 그 모든 시도가 또한 새로운 시간을 품을 물질을 창조하는 데 바쳐진다는 것도 알게 된다.

잃어버린 시간을 찾아서, 되찾은 시간 그리고 작가의 길

1. 작가 마르셀 프루스트

한쪽 볼에 지긋이 손가락 하나를 꽂고 있는 저 분이 바로 마르셀 프루스트다. 집 안은 깔끔하고 책상 위는 단정하고, 모든 것이 잘 정돈되어 있지 않으면 불안해할 것처럼 보인다. 하지만 프루스트는 너무나 많은 친구들과 끝도 없는 이야기를 나누기 좋아했고, 어머니와 동생과 함께 위대한 예술 작품을 감상하며 거장들의 고민과 수련 과정을 이해하려고 애썼다. 매일같이 산책하면서 그저 부는 한 줄기 바람에도 깊이 감사하면서 삶을 찬미했다.

그림으로 보는 『잃어버린 시간을 찾아서』

2.『잃어버린 시간을 찾아서』원고

어마어마한 원고이다. 고쳐 쓰고 또 고쳐 쓰고, 붙이고 또 붙이고. 소설에서 마르셀은 자신이 쓰는 글이 하녀 프랑수아즈의 요리 같기를 바란다. 어떤 식재료도 양념도 두려워하지 않고 그 모든 것을 섞어서 탄생할 새로운 풍미 하나를 꿈꾸는 글. 그 하나의 독특한 맛을 위해 프루스트는 자신이 쓴 모든 글을 끝도 없이 고쳤다. 완벽을 위해서가 아니라, 고칠 때마다 달라지는 문장의 새로움을 음미하기 위해.

잃어버린 시간을 찾아서, 되찾은 시간 그리고 작가의 길

3. 베네치아의 프루스트

프루스트는 베네치아를 너무나 사랑했고, 베네치아가 낳은 모든 풍경을 시간의 무한한 이미지라고 생각했다. 이 수상도시는 끝없이 파도치는 바다 위에 아름다운 성당과 광장, 그리고 많은 예술작품을 쌓아 올렸다. 바다의 영원과 인간의 무상함이 푸르른 창공 안에 아름답게 조화를 이룬다. 프루스트는 많은 곳을 여행하고 싶었으나 건강상의 이유로 생각만큼은 할 수 없었다. 하지만 구르는 돌 하나의 이야기에도 귀 기울일 줄 알았던 그였기에 발 딛는 모든 곳이 신선한 여행지가 되었다.